Eva Klingler

Frauen wie wir

Badische Geschichten

Regioverlag Südwest

Für meine liebe Freundin Anne Lahres,
die immer ein offenes Ohr für mich hat!

August 2012

Inhalt

In diesen Geschichten geht's um uns

Man könnte ja sagen, um badische Frauen, aber Sylvia hat ihren Dauerbesuch Gerda in unseren Kreis eingeschleppt, und Gerda kommt aus Norddeutschland. Da, wo die deutsche Wetterkarte aufhört.

Zuerst hat Gerda bei Sylvia in Ettlingen gewohnt, denn die schicke Sylvia ist mit sich selbst in einer innigen Liebesbeziehung und legt deshalb Wert auf Äußeres sowie auf gehobene Wohnkultur mit einem Gästezimmer.

Irgendwann ging ihr Gerda aber auf die Nerven, so dass sie ihr eine Ferienwohnung im benachbarten Malsch gesucht hat. Vorübergehend.

Aber wir werden die Gerda irgendwie nicht mehr los. Es gefällt ihr bei uns, obwohl sie nur die Hälfte versteht.

Vielleicht deshalb.

Täglich fährt Sylvia in ihrem milchkaffeefarbenen Cabrio nach Weingarten, wo sie in einem Architekturbüro arbeitet.

Mit Lore, die auch Single ist und mitten in Karlsruhe in Bahnhofsnähe lebt, ist Sylvia schon lange befreundet. Lore arbeitet in Achern. Da sie naturverbunden ist, nimmt sie dorthin nicht das Auto, sondern die Stadtbahn. Außerdem ist in Straßenbahnen bekanntlich mehr als nur eine Beziehung geknüpft worden, und Lore hätte nichts gegen eine späte Ehe einzuwenden. Vorhandene Kinder willkommen.

Zu unserer Clique gehört außerdem die Elke. Auch Elke wohnt in Karlsruhe, am Stadtrand in einem Reihenhäuschen mit Garten, das sie sich mit einem Mann, zwei Kindern und einem Hund teilen muss. Elkes Mann Manfred – übrigens ist er Sylvias Cousin, obwohl die darauf beharrt, dass es keine Familienähnlichkeit gibt – trifft man häufig im Garten an. Elke macht sich nämlich nichts aus Gartenarbeit. Sie würde sich aber durchaus was aus bezahlter Büroarbeit machen, doch im Moment hat sie keinen Job.

Dafür hat sie eine sehr muntere 90jährige Nachbarin namens Frau Wenzle, die mit dem Rollator im Viertel unterwegs ist und so lange von früher erzählt, bis die Leute selbst glauben, sie lebten in einer anderen Zeit.

Wenn's an der Tür klingelt, muss Elke immer befürchten, ihre ungeliebte Schwiegermutter Lieselotte steht vor der Tür. Enkel besuchen. Die Teenager-Enkel sitzen aber verdrahtet oben in ihren Zimmern, und Elke muss unten die Lieselotte mit Kaffee bei Laune halten.

Außerdem gehört noch Johanna-Marie zur Gruppe.

Meistens wartet sie auf ihren Freund Torsten, der zwischen zwei Dienstreisen in der eigentlich gemeinsamen Wohnung in einem Zweifamilienhaus in Bühl Station macht.

Wenn der Computer angeschaltet ist, gilt dies als Zeichen, dass er zu Hause weilt.

So wie die Flagge auf dem Buckingham Palast die Anwesenheit der Queen verkündet.

Susanne ist die Erfolgreichste in der Runde, obwohl es zuerst gar nicht danach aussah. Sie schreibt sogenannte Regionalkrimis – und Bücher darüber, wie sie ihren Hund ausführt. Ein ziemlich simples Erfolgsrezept. Sie hat zuerst bei Offenburg gewohnt, dann ist sie nach Kuppenheim gezogen, und jetzt kann sie sich eine Wohnung in Gaggenau mit Murgblick leisten.

Schließlich gibt's noch die Ingrid. Das ist eine ehemalige Klassenkamerin von Lore, die einst eine gefeierte Schönheit war. Anstatt schön zu sein, trauert sie derzeit ihrem Ehemann hinterher und geht allen gehörig auf die Nerven.

Jetzt geht's los.

Mit den Geschichten von uns ...

Mir wern uns scho einig

Badener neigen dazu, Konflikte mit begütigenden Gesten und Worten beizulegen. Was nicht bedeutet, dass der Streit etwa vergessen wäre. „Mir wern uns scho einig" beinhaltet deshalb auch eine kleine gepflegte Kampfansage.

Die Singlefrauen Lore und Sylvia wollen sich für ein gemeinsames Wellnesswochenende verabreden. Sie sind allerdings noch nicht ganz einer Meinung, wo genau sie sich in wohltuender Frauenzweisamkeit erholen wollen. Es sollte allerdings „net weit weg", also am besten im heimischen Baden sein.

Lore neigt mehr zu einer rustikalen Unterkunft, etwa in Sasbachwalden in einem biologisch-dynamischen „Heuhotel", wohingegen Sylvia gekachelte und auf spätrömisch getrimmte Wellnesstempel bevorzugt. Etwa das Dollenberg in St. Peterstal-Griesbach oder das Römerbad in Badenweiler.

In heller Vorfreude hat sie schon mal die Prospekte studiert und dabei die Preisliste wohlweislich in den Papiermüll entsorgt. Geradezu verinnerlicht hat sie nämlich einen weiteren beliebten badischen Spruch: „Mir gönne uns ja sonscht nix", der auf sie nicht die Spur zutrifft.

Sylvia gönnt sich nämlich andauernd etwas: Peelings und Frisuren, Sonnenbank, Cocktails und Klamotten. Schuhe und Handtaschen zählen bei ihr nicht zu Klamotten, sondern zu den nicht verschreibungspflichtigen Medikamenten: Hochwirksam gegen Frust, Ärger im Job oder weinerliche Anrufe von ihrer Mutter.

Ein Psychologe, den sie sich ebenfalls mal gegönnt hat, konnte ihre Konsumfreude erklären: „Sie sind Single, und da brauchen Sie eine Kompensation für den fehlenden Partner! Sie decken ein tief sitzendes Minderwertigkeitsgefühl zu."

Sylvia, die sich keine Spur minderwertig fühlt, sondern froh ist, dass sie daheim keinen schlecht gelaunten Kerl vor dem Fernseher sitzen hat, ist hochzufrieden, eine Entschuldigung zu haben, und shoppt munter weiter auf Mannheims Planken und Karlsruhes Kaiserstraße oder scannt mit Kennerblick die Läden in Heidelberg ab.

Die beiden Mädels wälzen nun heute Mittag in Sylvias schickaufgeräumter Küche in Ettlingen genussvoll Prospekte.

Prosecco steht bereit.

„Des vorher Raussuche macht am meischte Spaß!", verkündet Sylvia und schenkt nach. Guckt fragend. Lore schüttelt den Kopf und macht mit der Hand ein Häuschen über ihr Glas.

„Net mehr. Ich vertrag so früh nix!"

„Ärmschte!"

Tatendurstig flimmert der Laptop-Bildschirm daneben, um auf Knopfdruck die Bewertungen bereits abgefrühstückter Gäste auszuspucken.

„Also, ich wollt' halt mehr mal so raus aus'm Alltag!", befindet Lore. „Grad, wenn mer mal auf den Luxus ganz bewusst verzichtet, kann mer ihn mehr genieße! Natur pur. Hier im Großstädtische habe mer des ja ganz selte. Alles zersiedelt. Baustelle. Neubauviertel. Lärm, wo du hinhörsch!"

„Ich kann Luxus immer genieße! Und wie!“, sagt Sylvia. „Heut sin mer noch jung. Ich will net in e kratziges Heubett liege. Wer weiß, was ma sich da holt!“

„Ich denk net. Des isch getestet. Und desinfiziert. Schlimmer isch's, wenn du in so e Hotelbett steigsch, wo tausend Leut vorher dring'lege habe un so e Zimmermädle bezieht des lieblos, ohne genau hinzugucke.“

Zwei Prospekte werden nebeneinander gelegt. Das Heuhotel in Sasbachwalden am Waldrand und das Römerbad in Badenweiler.

„Guck mal, wie g'mütlich die Gaststub isch. Wie in frühere Zeite!“, schwärmt Lore und sieht sich schon am Kachelofen sitzen und eine ländlich-sittliche Katze streicheln.

„Ich leb aber heut. Hier im Römerbad hasch Luxus in seiner reinschte Form. So'n russische Dichter ...“

„Solschenizyn?“

„Nein, en älterer vom vorige Jahrhundert, der isch da g'storbe. Sag mal nix ... Tschechow!“

„Ich will net hin, wo einer g'storbe isch. Und des morbide Ding da isch viel teurer als mei Heuunterkunft.“

„Mir könnte aber dort im Badekittel direkt runner ins Wellness gehe! Und richtig entspanne!“

„Des kannsch im duftende Heu auch. Und mir könne steil hoch auf die Schwarzwaldhochstraß fahre. Und wandern. Da entspannt mer viel besser. Aktivurlaub nennt mer des!“

Sylvia verzieht das Gesicht.

Sie hat klare Vorstellungen. Am Pool abliegen, Wellnesstee schlürfen, Leute beobachten, dann Cocktail, mehrgängiges Essen, nochmal Cocktail, tanzen.

Vielleicht jemand kennelerne, denkt sie.

Lore seufzt. Kräuter, Heuduft, klare Luft und die Berge. Lesen. Dorfleben. Abends in e urige Kneip mit niedrige Decke und Schinkengeruch, der seit Jahrhunderte in de Bretter steckt, denkt sie.

Und: Vielleicht jemand kennelerne!

Die zwei Frauen sehen sich an. Streite? Nachgebe? Noch e Sektle trinke?, denken jetzt alle beide. Seufzen.

„Mir wern uns scho einig werde!“

Siehsch gut aus!

Süddeutsche sind nicht für schonungslose Offenheit gemacht. Badnerinnen schon gar nicht. Komplimente werden oft und freigiebig ausgeteilt. Man hört sie selbst gerne, glaubt sie oder glaubt sie nicht, auf jeden Fall kosten sie nichts und schaffen eine angenehme Gesprächsatmosphäre – etwas Wesentliches in einem Land, das vom Tourismus lebt.

Lore hat ihre Klassenkameradin Ingrid lange nicht gesehen. Von der einstigen Klassensprecherin Ruth, die manchmal Mails schreibt, ist aber durchgedrungen, die Ingrid sei von ihrem Mann getrennt.

An sich nichts Besonderes. Von den einundzwanzig Mädchen, die sie einst waren, sind nur noch vier so verheiratet, wie es der Papst gerne sieht.

Aber jetzt läuft ihr die Ingrid unerwartet in einem der nicht ganz so guten Wohnviertel in Karlsruhe über den Weg. Genau genommen in der Südstadt, wo man sich die Ingrid eigentlich nicht vorstellen kann. Eher im Märchenviertel in Rüppurr oder auf dem Turmberg.

„Ingrid?“

„Bitte?"

„Kennsch mich nimmer? Ich bin die Lore. Aus unserer Klass. Abiklass. 19 ... Ich sag's besser net, wann des war."

Die Ingrid kneift die Augen zusammen.

„Jetzt, wo du's sagsch. Was machsch du hier in der Gegend?"

„Mein Vater isch da drübe im Senioreheim."

„Ach so."

Lore sieht Ingrid an. Die Ingrid war die Klassenschönheit gewesen. Bisschen albern manchmal, aber doch atemberaubend. Eine badische Liz Taylor. Lange schwarze Haare.

Lore erinnert sich: Tiefblaue Augen wie Kornblumen. Hatte alle Lehrer damit rumgekriegt, ihr noch einen Gnadenvierer zu geben.

„Man hat's damals sowieso net so genau g'nomme", denkt sie. Es gab noch keine Kurse und keine Punkte. „Nur Note. Und fescht zugedrückte Auge."

Ingrid hatte dann einen Schönling geheiratet, der auf dem Hochzeitsbild neben ihr eine gute Figur abgegeben hat. Beide sind Lehrer geworden. Man hat ein schickes Haus gebaut. In Weingarten. Am Rand der Weinberge Richtung Kraichgau. Fernreisen sei ihr Hobby, ist erzählt worden. Kinder? Ja, eine Tochter, bestimmt auch schön.

Danach hat sich die Spur verloren.

Und jetzt steht Ingrid vor der Lore, die ja ihrerseits nie was Besonderes war. Und die Ingrid sieht ganz verhärmt aus, blass, zu dünn, Ringe unter den Augen. Zu lang geheult, zu kurz geschlafen, manchmal auch einen Wein zu viel getrunken. So sieht sie aus. Enttäuscht.

Wie eine retuschierte Erinnerung an die Ingrid von früher. Früher sind ihre schiefen Zähne bei all der Schönheit nicht aufgefallen. Jetzt sieht man fast nur noch die Zähne.

Lore könnte jetzt ehrlich sein. Die Ingrid war nicht immer

so freundlich zu ihr gewesen. Früher, als sie noch die Klassenschönheit war.

Doch die Lore lebt nicht in Hamburg und nicht in Bielefeld. Sie lebt im Badischen.

„Siehsch aber gut aus!“, sagt sie.

Hasch du abg'nomme?

Dieser Satz fällt in die gleiche Kategorie wie „Siehsch gut aus!“, ist aber mit mehr Vorsicht anzuwenden. So sehr der Badener und vor allem die Badenerin eine angenehme Gesprächskultur pflegen, so schrecklich wäre es für sie, obiges zu jemandem zu sagen, der gerade vom Arzt kommt und eine schlechte Diagnose gehört hat. Also sagt man das nur zu Leuten, die nicht wesentlich dicker geworden sind als sie zuvor waren, aber halt auch nicht dünner.

Sylvia hat ein schlechtes Gewissen. Sie hat vergessen, Elke, der Frau ihres Cousins Manfred, zum Geburtstag zu gratulieren, und schon zweimal hat sie sie beim Mittagessen versetzt.

„Jetzt muss ich was unnernehme“, denkt sie.

Die zwei Frauen haben sich in Baden-Baden in der Allee verabredet. Geplant ist: Kaffee, dann Museum, dann wieder Kaffee.

Schon am Telefon spürt Sylvia einen gewissen Vorbehalt.

„Diesmal kommsch aber, oder?“

„So sicher wie des Amen in der Kirch!“, entgegnet Sylvia.

„Ich war schon lang net mehr in der Kirch“, tönt es misstrauisch zurück. „Sagt man des heut da überhaupt noch? Ich mein nur, wege deiner allgemeine Glaubwürdigkeit ...“

Elke kämpft seit langem vergebens gegen Röllchen, Pölsterchen und Pfunde.

Sylvia weiß das und beschließt, egal wie fett Elke aussieht, den magischen Satz zu sagen, um sie zu versöhnen. Vorher muss sie aber sicher sein, dass die Elke, falls sie zufällig tatsächlich abgenommen haben sollte, nicht etwa dem Tod ins Auge schaut oder depressiv ist oder sonst was Kalorienzehrendes hat.

Deshalb ruft sie am Tag vor dem Treffen ihren Cousin an. „Du, Manfred, sag mal, die Elke ... geht's der eigentlich gut?"

„Ja, klar, warum denn net?"

„Ich mein halt nur. Also, sie hat nix. Kei B'schwerde, kei Schmerze oder irgendwelche annere Eischränkunge."

„Nein."

„Un kei Operation in Sicht? Net emal e B'süchle beim Arzt?"

„Operation? Net, dass ich wüsst."

Manfred wird unruhig.

„Hat sie abg'nomme?"

„Net, dass ich wüsst!"

Sylvia ist erleichtert.

Sie kann also den Lügen-Satz mit gutem Gewissen sagen.

Schauplatz ist Baden-Baden, die Perle Badens. Sylvia ist zu spät, weil ihr am Eingang von der Tiefgarage das Parkbillet runtergefallen ist. Zurücksetzen, Tür auf, aussteigen, Parkschein aufheben, wieder einsteigen, anfahren am Berg und dabei noch das Gemeckere des Lackaffen im BMW mit Ludwigsburger Nummer abwehren. „Drecks-Schwob. Fahr doch gleich widder heim!" Das alles dauert nun mal seine Zeit.

Elke wartet schon mit mürrischem Gesichtsausdruck an der Trinkhalle, hat derweil die an die Wand gemalten Sagengestalten betrachtet, die auch alle recht üppig gebaut sind.

Sylvia setzt ihr Cousinen-Gesichtle auf und eilt mit ausgestreckter Hand auf Elke zu.

„Hallo!" Küsschen rechts und links. Das haben sich die Badener von der anderen Rheinseite abgeguckt.

Jetzt kommt's.

„Elke. Sag mal, hasch du abg'nomme?"

„Wieso? Seh ich so schlecht aus?"

„Schlecht? Nee, gar net. Im Gegeteil. Gut siehsch aus."

Sylvia denkt, dass es manche Frauen nicht oft genug hören können. Also nochmal.

„Und du hasch abg'nomme, oder?"

„Dass ich so elend ausseh! Der Manfred fragt mich seit geschtern dauernd, ob ich beim Arzt war und ob ich Schmerze hab. Jetzt hab ich Angst, dass ich vor der Zeit sterbe muss. Wenns schon so deutlich zu sehe isch."

„Na, Elke, also so arg hasch jetzt au wieder net abg'nomme. Komm, mir gehe ins Café König un esse eine, nee gleich zwei Apfelreistorte."

„Ich hab kein Appetit. Es isch mehr gar net mehr drum."

Oh je, widder danebe!

Da kann mer sehr gut esse ...

Das Essen spielt eine große Rolle in den badischen Gesprächsfloskeln. Eine Restaurantempfehlung füllt manche Gesprächspause. Aber da der badische und überhaupt der südwestdeutsche Mensch ein sonniges Gewächs ist, verbreitet er meist nur gute Empfehlungen. Die miesen Kneipen straft er mit Schweigen.

„Also, da kann mer sehr gut esse!"

„Wirklich? Un der Salat?"

„Grad der Salat. Ganz frisch."

„Und sonschd?"

„Au gut. Des Hähnle. Knuschprig und Bratkartoffle dazu. Noch knuschpriger."

„Heisst das, des Hähnle war net richtig knuschprig?"

„Doch. Die Haut hat gekracht un war würzig."

„Scharf?"

„Net scharf. Würzig."

„Kei Sahnesößle?"

„Da net. Aber am Salat. Da war Sahne dran."

„Sahne? Kei Vinaigrette?"

„Doch auch. Aber halt mit Sahne verfeinert."

„Des isch was Norddeutsch's. Sahne. War se süß, die Soß?"
„E bissle. Aber net arg."
„Senf?"
„Natürlich. E Vinaigrette halt. Wie drübe im Elsass. Aber mit Sahne."
„G'hört net dran!"
„Hat aber g'schmeckt."
„War des Hähnle biologisch angebaut?"
„Kei Ahnung. Es war tot. Konnt nix mehr schwätze. Komm, jetzt glaub's halt: Da kann mer sehr gut esse!"

Mir sin fascht hinnereinander gekomme

Den Ausdruck kennt man auch in anderen Regionen Deutschlands, aber nirgends klingt er so gemütlich wie hierzulande. Schriftsprachler würden sagen: „Wir haben uns überworfen". In Baden bedeutet er das Gleiche – allerdings nur beinahe, denn hinnereinander kommt man nur mit Leuten, die man verdammt gern mag!

Lore lebt bekanntlich in Karlsruhe. Dort hält man sich einen Fußballverein. Er heißt KSC, und er besteht laut einhelliger Meinung aus elf Deppen plus mehreren Losern, Faulpelzen und diversen verwöhnten Weicheiern. Nach unzähligen Gegentoren ist die Versagertruppe in die dritte Liga abgestiegen.

Das zumindest hört die eingefleischte Singlefrau Lore anlässlich eines Besuchs bei ihrer Freundin Elke, deren Mann Manfred ein bekennender Fußballfan ist.

Lore besucht Elke am frühen Samstagmittag zu einem kleinen Plausch und schaut höflicherweise auch im Zimmer von Manfred vorbei, obwohl sie nichts mit ihm und er nichts mit ihr anfangen kann.

„Manfred, gucksch du KSC heut Abend? Ich hab g'hört, des Spiel wird sogar mal widder regional übertrage."

Manfred explodiert geradezu vor ihren Augen.

„Bleib mer ja fort mit dem Scheiß. Die könne spiele, net spiele, g'winne, verliere, immer weiter ab- oder uffsteige oder uffm Spielfeld dot umfalle - mir alles egal."

Die Lore, wenig erfahren im Umgang mit Ehemännern und deren Eigenheiten, ist verwirrt.

Elke beklagt sich doch häufig, dass Manfred normalerweise bei jedem Spiel vor dem Fernseher klebt und während der Spielzeit am Wochenende praktisch nicht aus dem Haus zu locken ist, egal bei welchem Wetter. Familienfeste müssen sorgfältig um Fussballspiele herum geplant werden.

„Heißt des, du gucksch net?"

„Uff kein Fall. Nur über mei Leich. Ich bin mit mei'm Bruder und mei'm Sohn fascht hinnereinander komme, weil ich dene g'sagt hab, wo die Chaostrupp hing'hört. Nach Indien. Oder nach Afrika. Oder noch besser uffgelöst, atomisiert und über's Schwabeland verdeilt. Ich guck nimmer. Hab ich dene zwei ganz deutlich g'sagt. Heut abend lieg ich hier uff meiner Couch und les."

„Hinnernander komme?"

Lore ist zwar waschechte Badenerin und spricht badisch, aber so tief im Sumpf des Dialektes ist sie nun doch nicht versunken.

Elke zieht sie aus dem Zimmer. Schließt die Tür zu Manfreds Reich, in dem Zigarettenrauch zwischen Bayern-München-Devotionalien hängt, denn diesen Verein kann man verehren, ohne sich ständig dafür schämen zu müssen.

„Lass. Sie habe sich g'stritte. Sein Sohn und sein Bruder glaube noch an den KSC. An den Wiederaufstieg. Manfred hat sie aufgegebe."

Lore ist endlich einmal froh über ihr Singledasein, verabschiedet sich etwas ratlos und geht nach Hause in ihre Wohnung in der Lauterburgstraße, nahe dem Bahnhof. Vom Zoo her riecht man die Tiere.

Doch es ist ein schöner Frühlingsabend. Laues Lüftchen, Biergartenwetter. Wetter zum „Z'sammehocke". Kein Wetter für alleinstehende Frauen in kleinen Wohnungen.

Deshalb ruft sie später nochmal bei der Elke an.

„Habt ihr Lust, noch e Runde spaziere zu gehe? Vielleicht in Durlach, an der Pfinz? Irgendwo naussitze vielleicht? Ins Naturfreundehaus. Nebe dem Mühlrad. Wurschtsalat esse?"

„Ich schon, aber der Manfred kann net."

„Warum net?"

„Der guckt Fußball. Der KSC spielt. Hasch 's vergesse? Und nebeher läuft e Schaltkonferenz mit sei'm Sohn drübe in Au am Rhein und sei'm Bruder in Rastatt."

Soweit zum badischen Hinnereinanderkomme!

Hätt'sch was G'scheits g'lernt

Der Ausspruch hört sich beinahe schwäbisch an, und irgendwie würde er von der Grundstimmung her auch gut in den östlichen Landesteil passen. Jedenfalls ist er hier wie da mit äußerster Vorsicht anzuwenden. Er darf niemals gegenüber Leuten in den Mund genommen werden, die tatsächlich nichts Gescheites gelernt haben. Man würde danach nämlich einen Feind haben, und Feinde mag der Badener nicht. Er lebt in einem traditionellen Durchgangs- und Touristenland, und da lächelt man lieber einmal mehr ...

Elke hat eine Freundin in Offenburg, die das macht, was heutzutage ein Großteil der werktätigen Bevölkerung zu machen scheint, nämlich Krimis schreiben, die in ihrer unmittelbaren Umgebung spielen, sogenannte Regionalkrimis.

„Die stehe auf riesige Stapel, gleich nebe dem Eingang, aber bei all dene verschiedene Titel und Autore muss mer ziemlich lang nach der Susanne suche!", hat die Elke ihrem Manfred erzählt, doch der hat nur mit den Achseln gezuckt und sein Computerheftle auf dem Couchtisch neu arrangiert.

„Und dann heiße sie auch alle gleich: *Tod in der Ortenau, oder Mord in Oberkirch...*"

„Wie wär's mit *Schnapsleiche in Oberkirch*. Des tät besser passe. Jedes zweite Haus e Brennerei. Gehaltvoller Ort."

„Des isch schon e hartes G'schäft, was die Susanne da macht. Ich weiß net, ob mer se drum beneide sollt."

Susanne, die allein lebt und nicht mehr die Jüngste ist, war bis vor einiger Zeit tatsächlich meist nervös und angespannt und sehr bemüht, jeden daran zu erinnern, dass es sie gibt. Literarisch gesehen.

So berichtete Elke gelegentlich in ihrer Freundinnenrunde in Abwesenheit von Susanne: „Läuft mit'm Faltblättle von sich selbscht durch die Buchhandlunge und Kirchegemeinde, bis hoch nach Renche und noch weiter, und lässt durchklinge, dass sie Zeit hätt, sollt Interesse bestehe. Für was auch immer. Sie müsst ja net immer nur aus ihrem Romänle vorlese, sie sei auch e gute Fotografin. Grad in letzter Zeit hätt sie ang'fange, originelle Tore und Türe zu fotografiere. Dazu seie ihr kleine Gedichtle eing'falle. Die Fotos könnt mer kaufe, die Gedichtle würde irgendwann erscheine, wo sei noch net sicher. Sie wirkt arg bedürftig. Beschwert sich, Künschtler würde net gut bezahlt."

Amüsiertes Lächeln bei den Frauen. „Ja, die Freiberufler", pflegte dann die Elke zu sagen, die früher, vor der Manfred-und-Kinder-Phase, als Sachbearbeiterin bei einer Versicherung gearbeitet hat. „Immer hoch hinaus. Und schlafe wolle bis morgens um neun, aber dann das Risiko zu verhungere auf der annere Seit net trage wolle. Unser Susanne!"

Dann war es eine Weile ruhiger geworden um die Susanne.

Sie habe die Hoffnung auf Ruhm und/oder einen gut verdienenden Ehemann aufgegeben und sich stattdessen einen Hund angeschafft, hieß es. Mit dem war sie viel allein unterwegs, angeblich sprach sie sogar mit ihm wie mit einem richtigen Menschen.

„Ich glaub, die isch manchmal e bissle einsam. Und Einsame kette sich gern an ihre Tierle. Schwätze über alles Mögliche mit ihne. Unser alter Nachbar rechts hat sogar mit sei'm zottelige Neufundländer über Politik diskutiert. Der Nachbar war ja eigentlich Sozialdemokrat, aber immer, wenn das Wort Gerhard Schröder fiel, hat der Hund geknurrt. Der stand irgendwie der CDU näher."

Jeder Neid auf die Freischaffende war verflogen.

Bis allerdings die Susanne eines Tages aus der Versenkung auftaucht – mit einem Buch, das nicht mehr „Mord in irgendwas" heißt und zwischen riesigen Stapeln ähnlicher Bücher verschwindet, sondern das direkt neben der Kasse liegt und von den Buchhändlern warm empfohlen wird.

„Spaziergänge mit Paul" lautet es, und auf dem Titelbild wartet treu ein Mischlingshund mit rotem Halstuch und schiefgelegtem Kopf auf Käufer.

„Man glaubt's net", wundert sich die Elke. „Manche Leut mache aus allem Geld. Sie beschreibt die Wälder und Wiesen und die Aue um uns rum, also in der Gegend von Karlsruh bis nach Offeburg, aus der Sicht von ihr'm Köter."

Alle schütteln die Köpfe, und alle kaufen das Büchle, weil's so ideal als Geschenk ist. Für Hundefreunde und Leute, die gern wandern. „Oder für ältere Leut, die net mehr wandern können", lobt die Buchhändlerin in Achern.

Das Büchle schlägt ein, und die Susanne ist jetzt wirklich gefragt. Ohne dass sie nachhelfen muss. Als Referentin bei allen möglichen Vereinen und in Buchhandlungen in der Gegend. Sie steht oft in der Zeitung. Eine Signierstunde im Fressnapf und eine im Karlsruher Karstadt in der Buchabteilung. Bis nach Pforzheim in die Thalia-Buchhandlung hat sie's geschafft.

Sie kauft sich in Gaggenau eine kleine Eigentumswohnung. Mit Murgblick.

„Sogar im Fernsehe isch se komme. Sah gar net mal übel aus."

Man gönnt es der Susanne.

Und deshalb …

Als Elke dann die Susanne außer der Reihe im Supermarkt trifft, und zwar in einem der etwas gehobeneren Kategorie, späht sie in ihren Wagen.

Teure Fertigprodukte erzählen von jemandem, der zwar Geld hat, aber wenig Zeit: Eine Saite Lachs, ein Dösle Geflügelsalat von Homann und Toast. Abgepackter Appenzeller, auch nicht billig. Und Parmaschinken, ganz dünn aufgeschnitten, ebenfalls abgepackt. Elke weiß, dass er 5,99 kostet. Zu teuer für eine Familie, wo sich drei Leute fingerdick die Wurst aufs Brot legen.

Susanne wirkt gehetzt, aber anders als früher leuchtet sie dabei von innen.

„Du, ich hab jetzt echt viel um die Ohre. Weisch du e ehrliche Frau für mich daheim und für den Paul? Kommt net uff's Geld an, aber nett sollt se scho sein."

Elke verspricht, nachzudenken.

Susanne streicht sich das Haar ein bisschen affig zurück, wie es die Stars tun.

„Dauernd Anfrage. Bin ausgebucht bis Weihnachte. Mei gröschter Wunsch isch e bissle mehr Zeit für mich."

Jetzt und nur jetzt darf der Satz fallen.

Mit gutmütigem Lächeln klopft die Elke der Susanne auf die Schultern.

„Hätt'sch was G'scheits g'lernt!"

Beide lachen.

Jeder versteht: Die Susanne hat's geschafft.

Da könnt ich mich neilege

Eine der zahllosen badischen Floskeln, die jeder kennt, niemand wörtlich nimmt und niemals wörtlich nehmen darf. Neilege? In ein Hirschgulasch? Oder in Kässpätzle?

Sylvia hat überraschend Besuch aus Norddeutschland bekommen, und zwar von einer Bekannten aus der Kur in Gengenbach vor fünf Jahren. Eigentlich mag Sylvia Besuch grundsätzlich nicht so sehr, sie ist nämlich sehr eigen mit ihren Sachen, vor allem mit ihrem begehbaren Kleiderschrank und mit ihrem Badezimmer, aber Gerda ist eine Ausnahme.

„Als ich damals so arg mit dem Burnout zu tun g'habt hab, weisch noch. Da hab ich die kenneg'lernt. Die hat seinerzeit den Tod von ihrer Mutter verarbeite müsse. Un damit sie net an sie erinnert wird, hat die Krankekass sie ganz weit weggeschickt von daheim. Beim Mandala-Malen habe mer uns ang'freundet, und sie ruft halt immer noch an. Was willsch mache? Mir habe halt viel z'samme durchg'macht."

„Passt schon!"

Doch Sylvia muss den Besuch weiterreichen, weil sie selbst am Ankunftstag nicht da ist.

Betriebsausflug mit dem Architekturbüro an den Bodensee. Nach Uhldingen-Mühlhausen, wo' s gemütlich und kulinarisch anspruchsvoll zugeht, und das will sie sich nicht entgehen lassen. Aber in die Wohnung ganz alleine … das kann man dem Besuch nicht zumuten und der Sylvia erst recht nicht. Es soll Leute geben, die in solchen Fällen Tagebücher durchlesen und Dessous-Schubladen durchwühlen.

„Gegen *die* Versuchung isch kei Frau weltweit gefeit!", so die Sylvia.

Also wird die norddeutsche Leidensgenossin bei Lore geparkt.

Für zwei Abende. Danach wird sie ja hoffentlich sowieso nicht mehr so lange bleiben.

Gleich am ersten Abend gibt es ein sprachliches Problem.

„Willsch ausgehe oder solle mer daheim esse?"

„Wie du es geplant hast", entgegnet höflich Gerda, der norddeutsche Besuch. „Ich vermag mich anzupassen."

Jetzt weiß Lore nicht, was sie machen soll. Sie entscheidet sich für „bleibe mer heut daheim und mache' s uns g' mütlich!".

„Gerne!"

„Ich koch für uns zwei."

„Danke. Ich kann auch etwas beisteuern."

„Du bisch Gast. Da wird nix beig' steuert. Hasch viel Hunger? Net. Gut. Ich koch. Und zwar e elsässisches Zwiebelsüpple nach'm Originalrezept."

„Klingt lecker", sagt Gerda eher vorsichtig. Eine ganze Suppe aus Zwiebeln? Als Hauptgericht? … Warum nicht? Sie hat es zu Hause in exotischen Gaststätten schon auf der Speisekarte gesehen.

„Gut?"

Die Lore erwacht zu jener Begeisterung, die Badener im Vorfeld von Essengehen und Kochen befällt.

„Mit in Butter g' schwitzte Zwieble, mit Weißwein abg' löscht, mit e bissle Muskat abg' schmeckt und mit Toast und Käs' überbacke. Eventuell en Spauz Sahne. Da könnt' sch dich neilege!"

„Wie bitte?"

„Da könnt' sch dich neilege!"

„Ich verstehe nicht ganz. Hineinlegen? In die Suppe?"

„Gerda, natürlich sollsch du dich net in die Supp neilege!"

„Hast du aber gesagt."

„Gerda, des isch rein symbolisch. Will heiße, die Supp schmeckt so gut, dass es nix ausmache würd, wenn man sich neilegt. Also reinlegt."

„In eine Brühe mit Zwiebeln? Wie würde man danach riechen? Wie aussehen?"

„Sie schmeckt ebe so gut, dass man gern drin ersaufe würd, ja, dass es angenehm wär, wenn man sie überall um sich hätt."

Mein Gott. Tausendmal hat sie den Satz doch schon gesagt. Doch noch niemals hat Lore sich Gedanken darüber gemacht, was er wortwörtlich bedeutet.

„Könnten wir vielleicht etwas anderes kochen? Ich vertrage Zwiebeln auf der Haut nicht", sagt die Gerda.

Stellt die sich jetzt doof, oder versteht sie wirklich nicht? Man weiß das nie. Die Gerda spricht Hochdeutsch.

Lore seufzt und sucht im Kühlschrank nach der Packung Miracoli, die sie seit dem Umzug als Notration vorhält.

Und denkt badisch: Dann halt net.

Dann halt net

Übrigens auch ein guter badischer Spruch. Versöhnliche Resignation nach einem Streit. Mild-heitere Einsicht, dass die Welt nicht immer exakt so funktioniert, wie man es sich wünschen würde. Meist wird der Ausspruch von einem Schulterzucken begleitet.

Lore findet, dass sie zu schlecht bezahlt wird für die gute Arbeit, die sie seit vielen Jahren in ihrem Unternehmen, einem papierverarbeitenden Betrieb in Achern, leistet.

Sie ist eine schweigende Arbeitsbiene, die bisher zufrieden war, überlebt zu haben, denn schließlich ist sie schon um die Fünfzig, und da tickt die firmeninterne biologische Uhr.

Bachelorabsolventen mit dualem Studium, frisch, auslands- und computererfahren, ständig mit Laptops und Smartphones jonglierend, scharren in ihren kleinen Gemeinschaftsbüros mit den Hufen und warten, dass sie ihren Platz frei macht.

Ohne Murren leistet sie deshalb Überstunden ab, nimmt Urlaub zu unattraktiven Zeiten, etwa vom 13. bis zum 23. Januar, und führt bei Meetings gewissenhaft Protokoll. Nur Stunden später stehen die ausgefertigten Protokolle im Firmen-Intranet zum Download bereit, wo sie jedoch keineswegs gewürdigt, sondern oft genug ignoriert oder gar gleich wieder gelöscht werden.

„Isch des etwa alles nix? Soll ich mich lebenslang unner Wert hergebe?“, fragt sie kämpferisch in Richtung Sylvia.

Die ist mit Gerda zu einem Spontanbesuch gekommen, um Kaffee zu trinken.

Gerda ist nämlich noch immer vor Ort und sitzt zufrieden in ihrer angemieteten Ferienwohnung herum. Es gefällt ihr hier unten in „Schwaben“, wie sie immer sagt. Und dort oben im Norden wartet niemand auf sie, seit ihre Mama tot ist, sie selbst in den Vorruhestand gegangen wurde und ihr Vogel Michelangelo verstorben ist.

„Erst Shakespeare, dann Michelangelo. Ein reines Vogelsterben!“, klagt sie und sagt „s-terben“.

Jetzt ist sie also hier. Bei den Eingeborenen in Südwestdeutschland, wild entschlossen, sich einzubringen und eventuell festzuhaken.

„Da musst du aber etwas unternehmen!“, mahnt sie nun, blond und blauäugig. „Fairer Lohn für faire Arbeit. Entschuldigung. Klingt vielleicht ein büschen deutlich.“

„Ich kann noch viel deutlicher werde. Endlich mehr Lohn für die miese Schufterei in dere Klitsch! Des glaubsch aber. Den Chef nemm ich mir zur Bruscht. Also net wörtlich, nur virtuell ... annerscht tät’s mich direkt schüttle!“

„So isch’s recht“, prostet die Sylvia mit dem vierten Prosecco und sieht die Gerda zwar noch nicht doppelt, aber anderthalbfach. Zeit aufzuhören.

„Aber ich bereit mich vor. Des isch der gröschte Fehler, den viele Fraue mache. Hinrenne. Jammere. Sich beklage. Nix Konstruktives vorschlage. Am End noch heule. Und das isch nie gut. Verschwollene Auge und zerlaufener Kajalstift stehe keiner Frau.“

„Stimmt", sagt Sylvia.

In den nächsten Tagen stellt Lore alles sorgfältig zusammen. Ihre firmenmäßige Leistungsbilanz. Vorträge, die sie gehalten hat, Protokolle, die sie geschrieben hat, Kontakte, die sie hergestellt hat. Fehler, die sie in den Abrechnungen von der blöden Prokuraziege aufgedeckt hat.

Sie sammelt alles, was Frauenzeitschriften, Gewerkschaft und Lebenshilfebücher zu dem Thema faires Gehalt zu sagen haben.

Vor ihrem Spiegel im Ankleidezimmer übt sie Posen, Gesichtsausdrücke und probiert karierte, nadelgestreifte und unifarbene Kostümjacken zu Jeans und Gabardinehosen aus.

Entscheidet sich dann für den Nude-Look von Catherine of Cambridge, deren stets lächelnde Erscheinung sie mit Tesa neben den Spiegel im Tageslichtbad geklebt hat.

Die hat einen Prinzen gefangen, die muss wissen, wie es geht.

Der Morgen kommt.

Und wird zum Nachmittag.

Abends schneien Gerda und Sylvia herein. Sylvia neugierig, Gerda stoisch:

„Ich schweig still. Im Noooorden zeicht man seine Gefühle nich so deutlichchch! Wir fragen nicht, wir warten, bis sie es von sichchch aus sacht."

Sylvia ist keine Norddeutsche, sondern rennt Lore sofort hinterher ins Wohnzimmer.

„Un? Wie war's? Sag!"

„Wart. Hier, dei Glas!"

„Danke. Wie isch's g'laufe? Los!"

Gerda schüttelt den Kopf angesichts dieser unfeinen Gefühlsausbrüche. Mama hatte Recht, denkt sie. Die haben hier unten schon was Südländisches an sich!

Lore prostet den beiden zu.

„Cin cin. Eher weniger gut. Er hat sich auch vorbereitet g'habt. Bilanze. Schlechte Zahle, Kurve, die nach unne deute, dicke Minusstrich vor Kontoauszüg. Sei Mien war bedenklich. Es wär gut, dass ich von selber käm. Er müsst abbaue. Beim Personal, aber net nur da. Auch für sich selbscht. Kei großes Firmenauto mehr für sei Frau. Und der Urlaub auf die Seychellen sei ersatzlos g'striche. Er wüsst net wie lang er mich noch halte könnt. E Frau mit meine Qualifikatione. Er tät mich ungern gehe lasse. Aber ich wär halt teuer."

„Un?"

„Was soll ich sage. Ich hab e bissle rumgedruckst. Dass mers gut gefällt in der Firma und dass ich nur mal frage wollt, ob ich dieses Jahr mein alte Urlaub auch noch im April nehme könnt."

„Un? Kriegsch jetzt mehr Geld?"

„Hat es also nicht funktioniert?", fragt Gerda misstrauisch.

„Nee."

„Und was sagst du nun dazu? Wie ist deine Position? Wie wirst du das verkraften? Einoooordnen?"

Lore zuckt die Achseln.

„Dann halt net!"

Gerda sieht um sich wie ein Storch in einem Weiher voller Frösche.

„Ist sie nun arch deprimiert?", erkundigt sie sich bei Sylvia.

Die zwei Badenerinnen sehen sich an. Kichern.

„Nee. Hasch net gehört, was sie g' sagt hat?"

„Was?"

„Dann halt net."

„Was bitte bedeutet das?"

„Net tragisch. Widder versuche. E anneres Mal. Was soll's."

„Das muss ich mir notieren, wenn ich darf."

Und auf einen Zettel schreibt Gerda: „Mittel gegen Frust (badisch): Dann halt net!"

Da kannsch net neigucke

Dieser Spruch dient als Trost, sollte das Leben desjenigen, bei dem man nicht hineinschauen kann, besser verlaufen als das eigene. Hört man genau hin, hat er in etwa die gleiche Bedeutung wie „Hinter seidenen Gardinen fließen die meisten Tränen", oder „Besser lachen in einer Hütte als weinen in einem Schloss!" – Lieblingssprüche der älteren weiblichen Generation. Der Wahrheitsgehalt ist fraglich, denn man könnte durchaus auch in einem Schloss vergnügt sein.

Elke, Leibeigene von Dackelhündin Susi, trifft seit einiger Zeit immer morgens um acht eine Frau mit echter Barbourjacke im Wald. Obwohl Elke notgedrungen mehr zu der Raiffeisenmarktallwetterjackenfraktion gehört, hat man sich am Ende der jeweiligen Leinen locker bekannt gemacht.

Es finden Gespräche statt, die außer Hundebesitzern keiner nachvollziehen kann und will. So wie etwa: „Knochen machen bei meinem Linus ganz harten Stuhl."

Lange Zeit kannte die Elke zwar den Namen der Frau nicht, aber über den Hund wusste sie dafür alles:

Linus, Cavalier King Charles Spaniel (1200 Euro) aus der

Zucht „Unsere kleinen Teufelchen", vier Jahre alt, preisgekrönt, ruhig, lieb, nicht haarend, nicht jagend, nicht bellend, nicht unter Durchfall leidend und deshalb Neid erregend.

Nachdem man bestimmt ein Jahr lang gemeinsam Waldwege beschritten hatte, erfuhr Elke endlich, dass Linus' Besitzerin Frau Edita Röselmann heißt und mit einem Arzt namens Dr. Hubertus Röselmann verheiratet ist.

Seit dem Tag dieser Enthüllung geht Elke morgens nicht mehr unfrisiert und ohne eine getönte Tagescreme aus dem Haus.

Es ist nämlich etwas Seltsames mit Arztfrauen: Egal wie schlicht sie selbst sind, umgibt sie doch der Nimbus des Besonderen. „Ich habe eine Freundin, ihr Mann ist Arzt" kommt immer gut. Aber: „Ich habe eine Freundin, ihr Mann arbeitet als Kältetechniker bei *Wohlschreit und Söhne* hinten im alten Gewerbeviertel"?

Geht gar nicht.

Von nun an betrachtet Elke Frau Röselmann in ihrer Barbourjacke samt Linus mit seinem seidigen, hundefriseurgepflegten Haar mit noch mehr neidischer Bewunderung.

Zumal jetzt die Dämme gebrochen sind, was Frau Röselmanns rosafarbenes Leben betrifft.

Die Glücksmeldungen prasseln auf Elke herab wie ein warmer Regen:

„Meine Tochter hat ein Stipendium für Yale bekommen. Jetzt müssen wir ihr erst einmal ein Outfit besorgen. Sie wissen ja – die sind konservativ dort. Kaschmir und Perlenkettchen. Schlimm. Aber ich freu mich auf unseren Einkaufsbummel. Wir haben ein so gutes Verhältnis, die Liana und ich."

Elke, die seit vier Wochen nur noch via Zettel mit ihrer pubertierenden Tochter verkehrt, schluckt vor Neid. Frau Röselmann lächelt selig und wirft einen Blick auf ihre teure Uhr.

„Ich muss gehen. Mein Sohn hält heute die Abiturabschlussrede. Das machen ja immer die Scheffelpreisträger. Die mit der besten Deutschklausur. Sie wissen ja. Und der Linus muss heute mal ganz brav bei Frau Rieker bleiben. Gell, Linus?"

„Frau Rieker?"

„Ach, nur unsere Perle."

Elke ist selbst ihre hauseigene Perle und fühlt sich jetzt wie in einer ZDF-Serie – aber nicht als Darstellerin, sondern als tumbe Zuschauerin.

Frau Röselmann lacht warm und wissend, als sie die düstere Miene ihrer Gefährtin sieht.

„Ja, ich weiß. Sie wünschen sich auch so eine Perle, egal was sie kostet, das wollen nämlich alle meine Freundinnen, aber der Markt ist leer gefegt. Und Frau Riekers Telefonnummer halte ich geheim."

Elke knickt verlegen ein Ästchen am Wegesrand ab.

Ein Film spult sich ab.

„Sin mir adelig? Net in hunnert Winter!", schreit ein aufgebrachter Manfred in ihrer Erinnerung. „Zahl ich für e Putzfrau? Net solang ich e Frau und e Tochter daheim hab."

Elke seufzt und sieht Frau Rieker am Horizont verblassen.

Edita Röselmann tröstet: „Glauben Sie nur nicht, dass bei uns alles ideal ist. Unser Jüngster hat nur den dritten Platz bei den Junioren U13 gemacht. Tennis. Hinten am Tannenbach, der TCR 1840, Sie wissen ja, was die verlangen. Aber wir haben ihn wieder aufgerichtet, mein Mann und ich. Danach ist Markus mit ihm richtig zünftig zum McDonald's gegangen. Nur meine zwei Männer. Er kann das prima, mein Mann. Ein richtiger Familienmensch. Trotz Karriere …"

„Also", berichtet Elke Manfreds Kusine Sylvia, „da hätt ich se beinah umgebracht. Des isch furchtbar. Drei Kinner, eins gelungener als des nächschte. Alle reinschte Sportskanone, Klassebeschte un noch dazu nett un höflich. Meine schaffe kaum die Realschul. Dann der Mann. Zum Hochzeitstag hat er se nach Paris eing'lade. Mit dem französische Schnellzügle. Nur sie zwei un e Flasch Schampus im Abteil erschter Klass. Kannsch dir denke… Und als sie zurückkame, habe schon ihr ganze Nachbarn un ihr zahllose Freunde gewartet un habe e spontanes Ständle gebracht, wofür sie mit Flammkuche aus'm eigene Ofe im eigene parkartige Garte bewirtet wurde.

Der Edita ihr Eltern lebe au noch un habe des Haus un die Kinner un den Linus g'hütet. Sei Eltern und ihr Eltern mache Urlaube z'samme. *Mei* Eltern hasse mei Schwiegereltern und mei Schwiegermutter hasst *mich*. Wenn se sich begegne, gucke se auffällig unauffällig in die anner Richtung. Ich selbscht bin zu dick und mei Haar kräusle sich an de falsche Stell. Die Röselmann, Edita, wie ich se jetzt nenne derf, isch schlank un hübsch un nett un hat außerdem e stundenweise Beschäftigung beim Anwalt. Damit se net verblödet. Isch des alles net furchtbar? Was sagsch?"

Sylvia seufzt. Sie kennt das. Die Welt ist voller Editas.

Doch es gibt Hoffnung.

„Ach, Elke, lass gut sei. Es isch überall was. Auch bei dene. Bestimmt. Du kannsch net neigucke!"

Elke nickt. Beruhigt. Da ist bestimmt was …

Sie muss es nur noch rausfinden.

Was mache die Kinner?

Reine Verlegenheitsfrage, die so gut wie niemals einem echten Interesse entspringt. Kein Mensch, außer der allernächsten Verwandtschaft, will wissen, wie es den Plagen anderer Leute geht. Man hat genug mit den eigenen zu tun, und wenn man keine hat, dann will man es erst recht nicht hören.

Susanne hat eine Bekanntschaft, der ein unauflösbarer Fluch anhängt. Es ist der Fluch einer einstigen kurzen Gemeinsamkeit, die aber offenbar fortlebt bis in alle Zeiten, zumindest bis zum Tod einer der beiden Parteien.

Und keinesfalls kann man bei einer zufälligen Begegnung wortlos aneinander vorbeigehen. Doch genau diese Worte sind das Problem. Es gibt nämlich einfach nichts mehr zu besprechen!

Die Rede ist von Susannes früherer Vermieterin, Frau Isolde Richter aus Kuppenheim.

In regelmäßigen Abständen, das heißt immer samstags, trifft Susanne die resolute hausfrauliche Erscheinung auf dem Markt in Gaggenau. Korb über dem Arm. Ein leicht abgegriffener, eigens dafür reservierter Markt-Geldbeutel mit dem nötigen

Kleingeld in eben jenem Korb. Das Ganze zugedeckt mit einem dünnen Papier und darüber noch eine zusammengelegte Stofftasche mit verblichenem Aufdruck von der Badischen Backstub aus Karlsruhe, falls der Korb nicht reicht.

Erfreut, ein vertrautes Gesicht wiederzusehen, haben sie sich anfangs immer richtig lebhaft unterhalten, Frau Richter und Susanne.

Allerdings ausschließlich über die Vergangenheit, denn in der Gegenwart haben die beiden Frauen keine Schnittmenge mehr.

Doch drei Jahre Mietverhältnis verbinden.

Man erinnert sich, wie es damals war, als der Rohrbruch zu spät bemerkt wurde und das Wasser sich schon an der Decke von Herrn Imram, dem Türken, zeigte. „Anstatt nach Mekka hätt der mal besser nach obe gucke solle!", raunt Frau Richter. Und dann der Tag, als der Marder auf dem Dach gesessen hatte!

„Wisse Sie noch, dass mer die Polizei gerufe habe. Habe an Einbrecher gedacht. Oder an Ratte. Und dann war's nur en Marder."

„Niedliche Tierle eigentlich", gibt Susanne zu bedenken.

„Aber Raubtierle!", schränkt Frau Richter mahnend ein.

Susanne nickt, und die einstige Vermieterin seufzt.

Gelegentlich wendet sich das Gespräch der jetzigen Susanne-Wohnung zu.

„Gaggenau isch auch e nett's Städtle. Und größer als Kuppenheim. Und Sie habe halt in der Wohnung da mehr Platz", redet sich Frau Richter rückwirkend Susannes Kündigung schön.

„Und des Hundle, des wär dortmals bei uns net glücklich worre. Ohne Gartebenutzung und kein Balkon."

Die neuen Vermieter werden aus dem Marktgespräch peinlich ausgespart. Das wäre so, als unterhalte man sich mit dem geschiedenen Gatten ausführlich über die Vorzüge des Neuen. Sowas gehört sich net!

Da Frau Richter eher weniger liest, ist auch Susannes literarische Karriere schnell abgehandelt.

„Schreibe Se noch, Fräulein Susanne?"

„Ja, des isch halt mein Beruf."

„Ja, ihr junge Fraue", scherzt Frau Richter, so als sei das Beruf-Haben etwas Frivoles.

Damit sind eigentlich alle Themen erledigt.

Und doch müssen sie fast jeden Samstag, den der Herr werden lässt, neu aufgefrischt werden. Denn einfach an Frau Richter vorbeigehen, etwa nur mit einem Gruß, das geht nicht. Sie war einst Susannes Vermieterin, und das kommt knapp hinter der Funktion einer Mutter.

Susanne geht manchmal absichtlich später zum Markt, doch ein geheimnisvolles Walten, das sich menschlicher Vernunft entzieht, sorgt beinahe immer dafür, dass auch Frau Richter an jenen Tagen später unterwegs ist.

„Hab heut mal länger g' schlafe. Mer wird halt älter und braucht mehr sei Ruh! Früher war ich die erschte an de Erdbeere. Dafür war ich bekannt. Die ware noch feucht vom Morgetau."

Danach folgen Wasserbruch, Marder und ein lastendes Schweigen.

Was tun? Was reden?

Grundsätzlich hasst Susanne Kinder. Sie hat keine, will keine und wollte nie welche. Und wenn bei ihren Lesungen versehentlich eins auftaucht, weil die Eltern fälschlicherweise denken, „Spaziergänge mit Paul" wäre etwa ein Kinderbuch, ignoriert sie das Kind so lange, bis es lacht, gähnt oder sich sonstwie bemerkbar macht.

Dann sieht sie es kalt und streng an, hält ostentativ in ihrem Vortrag inne und sorgt so dafür, dass es sich niemals mehr in eine ihrer Veranstaltungen verirren wird.

Doch irgendwann ist Susanne so verzweifelt, wenn sie Frau

Richter gegenübersteht und der Marder mal wieder abgehandelt ist („eigentlich hübsche Viecher") und auch der Rohrbruch zu seinem Recht gekommen ist („Der Terz mit der Versicherung! Des sin alles Zigeiner, sagt mein Mann. Na, Sie kenne ihn ja, Fräulein Susanne, wie er's meint. Ich ermahn ihn immer, Papa, des heißt heut Roma, sag ich. So wie die kleine Tomate…"), dass sie die absolute Notbremse zieht:

„Frau Richter, un, was mache eigentlich die Kinner?"

Es ist, als ziehe eine Wolke der Erleichterung über Frau Richters Gesicht.

Endlich hat Susanne gefragt. Bevor es irgendwie peinlich wurde. Sie hat gefragt, und nun ist Gesprächsstoff da.

So lange, bis der Tau auf den Erdbeeren für immer getrocknet ist ...

Ich meld mich

Kaum ein Satz – abgesehen von allem, was Politiker vor Wahlen versprechen – ist so unwahr wie dieser. Jemand, der versprechen muss, er melde sich, hätte es doch schon lange tun können. Er hat es nicht getan und er wird es nicht tun. Er weiß es, und der andere weiß es im Grunde auch. Dennoch ist es gerade im kommunikativen Baden eine elegante Formel, um sich höflich loszueisen.

Johanna-Marie hat sich versuchsweise mit der Ingrid getroffen.

Die Ingrid, frisch getrennt, hat sich nämlich eine ganze Zeitlang verkrampft am Rand der Clique um Sylvia und Lore entlanggehangelt und wartet nun sehnsüchtig drauf, dass sie aufgenommen wird in den Reigen von Kaffeetreffs, Crodino-Trinken im Bistro am Karlsruher Gutenbergplatz oder in Baden-Baden, Brezel und Radler im Vogelbräu in Ettlingen.

Dann hat sie Glück.

Die Langeweile und die Einsamkeit haben sie in das gleiche Fitnessstudio in Ettlingen getrieben, in dem auch die Johanna-Marie trainiert. Ob das allerdings wirklich ein Zufall war oder das Ergebnis akribischer Beobachtung und intensiven Facebookstudiums, das wissen nur Gott, Zuckerberg und Ingrid.

Die Ingrid hat – das obligatorische Handtuch über der Schulter – gewartet, bis Johanna-Marie mit dem Laufband fertig war.

„Moment, nur noch ein Berg und dann den virtuelle Hügel runner, und ich bin fertig."

„Ich hätt Zeit", hat die Ingrid muffig geantwortet, ein Satz, den die Johanna-Marie eigentlich gern hört.

Die anderen aus der Clique halten ihr immer dicht vollgekritzelte Terminkalender unter die Nase:

Hautarzt. Rechtsanwaltstermin. Zahnarzt. Massage. Taufe, Hochzeiten, Beerdigungen. Wellnesswochenenden. Theater-Abos. Schulfeste. Elternabende. Abschlussfeiern. Die Canasta-Runde.

Und sie haben gar kein schlechtes Gewissen dabei, denn die Johanna-Marie hat ja einen festen Freund.

Nur hält der nicht viel von einer Anwesenheitspflicht im eigenen Heim.

Er ist oft beruflich verreist, und wenn er zurückkehrt, sieht sie als erstes seinen Weekender, mit dem zusammen er sich in sein Arbeitszimmer zurückzieht. Hört Rascheln, Seufzen und Kleiderbügel klappern.

Wo er genau war, erkennt sie oft nur an den kleinen Duschgelfläschchen aus den Best Western Hotels der Republik.

Seine Mails checkt er ja alle fünf Minuten im Zug, doch zu Hause muss er erst seine Homepage und sein Xing-Profil auf Vordermann bringen und Gefällt mir-Daumen in Facebook bei Kollegen und Bekannten platzieren.

„Du, die mache sich Sorge, wenn sie so lang nix von mir höre! Was, kein Daume vom Torsten? Da stimmt was net."

www.torsten.de schimpft Johanna-Marie ihn wütend, aber immerhin stehen zwei Namen an ihrem Türschild, und das gibt sie so schnell nicht auf.

Frauen zum Weggehen aufzutreiben, ist für sie als beziehungstechnisches Zwitterwesen also gar nicht so einfach.

Entweder stecken ihre Freundinnen mitten in der Familienphase, und das schon seit Jahren, oder sie sind echte Singles, die in anderen Zeitfenstern leben.

Die gehen draculaartig samstagabends erst um elf Uhr aus dem Haus, schlafen dafür sonntags bis um zwei bei ausgestöpseltem Telefon, und nachmittags tragen sie dann umständliche teure Peelings auf und enthaaren sich komplett, da sie nie wissen, was die neue Woche bringt.

„Ingrid, wolle mer mal was z'samme mache?“, fragt Johanna-Marie in der Umkleidekabine. „Pizza esse? Bissle rede?“

Terminkalender rascheln auch hier. Outlooks werden per Handy abgerufen. Ein komplizierter Abgleich von Ort und Zeit findet statt und ein Abend wird gefunden.

Man trifft sich in Bühl in einer für gute Laune bekannten Kneipe in der Innenstadt.

Ingrid kommt etwas zu spät, riecht nach Rauch, nach einer hastig vor dem Lokal angerauchten Zigarette.

Ruft in den Rücken des Kellners: „Ich nehm en Aperol Spritz und e Pizza Vier Jahreszeite. Klein. Ohne Pilze.“

Stellt eine schicke, etwas zu jugendliche Handtasche auf den Platz neben sich, greift ins vordere Fach und knallt ein reichlich abgegriffenes, schon zerknicktes und zerfaltetes Foto auf den Tisch.

„Des isch er!“

„Wer?“

„Der Mistling. Des Wort isch g'schönt, weil wir hier in'm öffentliche Lokal sin.“

Johanna-Marie zuckt zusammen.

„Mei beschte Jahre hab ich ihm gegebe, mei knoschpende Jugend. Ich hätt weiß Gott ganz annere habe könne, denn ich war Schönheitskönigin. In de zehnte Klass von der Realschul, bevor ich nach Karlsruh bin, damals in Gernsbach. Murg-Schul-Miss.

Und glaub net, dass des selbstverständlich war. Mit sechzehn sind ja fascht alle Mädle irgendwie hübsch. Dann hab ich den Mistkerl kennegelernt. In'm Studentelokal. Hat sich als Student ausgegebe, war aber selbscht noch vorm Abi g'stande. Ich muss damals e Wahrnehmungsstörung g' habt habe. Hallo, hallo, Bedienung, ich krieg noch'n Wein. Trocken. Rot. Badisch."

Ingrid fingert in ihrer Tasche nach einem Handspiegel, klappt ihn auf, sieht sich an, stöhnt auf, klappt ihn wieder zu. Greift nach dem Weinglas.

„Also, ich will kein Mann mehr. Hasch du en Freund? En Partner, wie mer ja gern sagt. Ha! Ha! Partner! Ja?"

Sie trinkt wieder. Guckt unruhig auf die Uhr, dann zur Bedienung.

„Verheirat gar? Net? Net mal des? Schön blöd. Er kriegt also alles grad so. Fer umme. Gratis. Wie alt isch er? Nur e halb's Jahr älter als du? Fehlermeldung! Der tauscht dich aus gege e neueres Modell, da kannsch dich heut schon druff eistelle. Sei mer net bös, aber so wird's komme. Habt ihr am End Kinner? Net? Fehlermeldung. Dann fühlt er net mal e moralische Grenz beim Fremdgehe. Wo isch er – nur mal als Beispiel – heut abend? G'schäftlich unnerwegs. Hat er schon ang' rufe? Net? Sei Handy isch ausg' stellt? Du, ich will dir ja kei Angscht mache, aber mich tät's net Wunder nehme, wenn er net schon was am Laufe hätt. Er sagt, er macht so was net? Ihr habt also schon mal drüber g'sproche. Du, die leugne bis zum Schluss. Bis zum bittere End. Noch kurz vor'm Kreißsaal, wo die Nebebuhlerin ihr erschtes Kind von ihm kriegt, leugne die. Da war nix, Johanna-Marie, sagt er, glaub mer's. E Jungfrauegeburt."

Johanna-Marie zuckt zusammen.

Ingrid reißt die Serviette in kleine Stücke.

„Isch er oft im Internet unnerwegs? Hasch sei Passwort? Net? Okay. Ich seh glasklar. Aber des Lebe geht weiter. Kopf hoch.

Mir brauche kein Mann, um'n richtig nette Abend miteinander zu habe. So wie heut. Trinksch noch en Rotwein mit? Net? Ja, jetzt willsch heim, gell? Kontrolliere. Kann ich beschtens verstehe. Brauchsch dich net geniere. Mache mer mal widder was z'samme? Du meld'sch dich? Alles klar. Bis dann."

Sei mer net bös. Ich pressier e bissle...

Wo der Norddeutsche mit einem zackigen „Moin Moin“ vorbeilaufen würde, blicklos, kühl, unzugänglich und kompromisslos in seiner Geschäftigkeit, fühlt sich der Süddeutsche bemüht, seine Eile zumindest mit einem verbindlichen Wort zu bemänteln. „Ich pressier“ ist übrigens eigentlich Französich, aber nach Baden passt es auch ganz gut.

Elke hat es eilig. Hat einen Termin in Freiburg. Vielleicht eine Chance, den beruflichen Wiedereinstieg zu schaffen. Stundenweise. Jetzt, wo die Kinder flügge sind.

Zauberwort: Franchise.

Die Geschäftsidee des Unternehmers hört sich vielversprechend an: Winzige Brötchen backen soll sie und in einem kleinen Geschäft unweit der Kaiserstraße verkaufen. Belegt mit Salami, Käse, Pute und Mozarella. „Das mache Sie doch spielend. Als g'standene Hausfrau!“

Die Bröchen kämen tiefgefroren. In Hunderterpacks. Müssten nur noch aufgebacken werden.

Die Philosophie, so der Erfinder der kleinen Brötchen, ist der Ein-Biss-Imbiss. So heißt auch das Konzept: One-bite-

Imbiss. Englisch klingt besser, wenn es ums Schnellessen geht.

„Wir sin die salzige Variante von dene Cupcakes“, hat der Chef in Freiburg gesagt. Und das Ladenlokal sei schon angemietet.

Elke muss also zum Bahnhof. Züge warten nicht, auch nicht, wenn gerade in dem Moment, als sie die Haustür des Reihenhäuschens zuzieht, die uralte Nachbarin gleichzeitig aus ihrem Eingang auf die kleine Treppenstufe zum Postkasten tritt.

Elke fühlt, wie es ihr eng wird ums Herz. Furchtbar: Die moderne Leistungsgesellschaft, brutal und egoistisch, gegen Frau Wenzle.

Jeder im Viertel kennt Frau Wenzle, denn sie saß ganz früher an der Kasse in dem kleinen Supermarkt am Sonnenplätzle. Kaum noch einer würde sich daran erinnern, wenn Frau Wenzle nicht das Erinnern selbst besorgen würde.

Heute ist die Neunzigjährige eine von der alten Sorte, die keinen Kindergeburtstag vergisst, kleine Marmorkuchen backt und zu Festtagen verschenkt, die Karten mit steiler gestochener Schrift schreibt, für jeden ein Lachen, ein Wort und einen Gruß hat. Die offen ist für alle und alles. Für die Marokkaner im zweiten Haus links ebenso wie für die Patchworkfamilie gegenüber, denen schon zweimal der Strom abgestellt wurde.

Sie spricht sogar mit Elkes Katze, obwohl die nachweislich in ihren Garten scheißt.

Frau Wenzles Radius ist mit den Jahren immer kleiner geworden. Früher ist sie mit ihrem Rollator noch zum Friedhof gerollt, hat dort auf einer Bank neben der Wasserstelle Hof gehalten und sich in endlose genealogische Gespräche verwickelt. Dann ist sie noch langsam auf den Zwischenwegen zum Sonnenplätzle gehumpelt, wo sie sich, auf Bänken und an Mäuerchen gelehnt, lange aufhalten konnte, denn es kam immer einer vorbei. Wie eine lächelnde Skulptur saß sie auf den Bänken, die das Viertel für die alten Leute aufgestellt hat. Eine lächelnde ondulierte Figur, an der man eben nicht vorbei kam.

Inzwischen ist Frau Wenzles Kontakt zur Außenwelt arg eingeschränkt, und das bei jemandem, der so kontaktfreudig ist wie sie!

Da gilt es, jeden Fang lange zu behalten, beispielsweise wenn der Glücksfall eintritt und eine Nachbarin gleichzeitig mit ihr die Nase aus der Tür steckt.

Hurtig greift Frau Wenzle nach hinten und zieht ihre Küchentüre zu, damit es nicht zieht. Sie setzt sich in der geöffneten Haustür auf den Rollator, aus Elkes jetziger Sicht ein Teufelsgerät.

Und legt los. Mit einer Standarderöffnung.

„Hallllloooo, die Frau Nachbarin. Und wie schick. Immer elegant. Wie aus'm Ei gepellt!"

Frau Wenzle lächelt freundlich und lässt akkurate dritte Zähne sehen.

„Hallo, Frau Wenzle ..."

„Wie heißt des?" Schelmisches Drohen mit einem krummen Zeigefinger.

„Hallo, Lisbeth!"

„Schon besser."

Verschmitztes Runzelstrahlen aus einem ledernen Gesicht.

Elke vergisst es immer wieder. Seit Frau Wenzles spektakulär gefeiertem 90. Geburtstag ist Elke – und der Rest der Straße – per Du mit ihr.

„Du, Lisbeth, sei mer net bös, aber ich pressier heut e bissle ..."

„Wie könnt ich so ner nette Nachbarin je bös sein. Hasch du eigentlich mei Tomate gekriegt?"

Frau Wenzle hat gestern ein Körbchen herrlich roter Tomaten vor die Tür gestellt. Tomaten, die schmecken, wie Tomaten in der Kindheit geschmeckt haben, als man sie aus der Hand oder auf ein Butterbrot gelegt essen konnte, ohne Salz, ohne Pfeffer, ohne Basilikum oder „sonstige Ferz“, wie Frau Wenzle meint.

Jetzt wird’s kritisch.

„Ja, Lisbeth, danke. Die ware mal wieder göttlich. Wie du das immer hinkriegsch. Hasch halt’n grüne Daume. Immer noch. Danke.“

Das hört Lisbeth gern, das mit dem grünen Daumen. Jetzt kann Elke mit gutem Gewissen gehen. Der Freiburger Brötchenbäcker wartet.

Doch Frau Wenzle hat keinen Termin mehr heute Morgen. Es gilt zwei Stunden zu füllen.

Sie strahlt.

Die Faltenlandschaft in ihrem Gesicht kommt in Bewegung.

„Hauptsach es schmeckt. Die Zutschini sin auch bald soweit. Willsch von dene dann auch?“

„Gern. Du, Lisbeth, sei mer net bös, aber grad heut pressier ich e bissle.“

„Geh nur. Sag mal, war das der Manfred, der mir heut Morge die Biomülltonn wieder reing’ schobe hat?“

„Denk schon“, murmelt Elke hastig. Jetzt kommt noch ein Dankeschön und vielleicht war’s das dann.

„Ich sag danke“, sagte Frau Wenzle programmgemäß.

„Ich tät gern noch schwätze, aber ich muss echt gehe, Lisbeth.“

„Geh nur. Geh nur. Junge Leut muss mer ziehe lasse. Nur eins noch, Elke, also dei Kleine, die wird immer hübscher. Da habt ihr euch angestrengt, hm? Isch sie widder g’sund? Sie hat g’ huschtet, wie ich se letschtes Mal g’ sehe hab.“

„Alles wieder in Ordnung, Frau Wenzle. – Widder vergesse! Also, Lisbeth, sei mer net bös, aber ich pressier jetzt ganz arg.“

„Ja, die Jugend. Immer in Eile. Aber ’s isch ja recht. Die Welt muss sich drehe. Hat mein Erich immer gesagt. Sich rege bringt

Sege. Kennsch den Spruch noch? Manchmal fehlt er mer halt doch."

„Tut mir leid, Frau Wen ... Lisbeth. Gell, ich renn jetzt mal."

„Geh nur. Reisende soll mer net aufhalte. Hat mein Erich auch gern g'sagt. Er war en sehr nachdenkliche Mensch. Mit Lebenserfahrung. Kein Sprüchbeutel. Elke, hasch am End widder e Stell?"

Elke wirft einen Blick auf die Uhr.

„Nein, Lisbeth", sagt sie resigniert, dreht sich um und schließt ihre Tür wieder auf. „Hab ich net. Und ich pressier auch net mehr. Magsch en Kaffee?"

Net bei uns

„Net bei uns“ ist ein genialer Satz. Immer anwendbar. Universal. Unabhängig von Zeit und Raum, von Rasse und Geschlecht. Hauptsach, es isch net bei uns.

Von Zeit zu Zeit muss man die Routine durchbrechen. Etwas Verrücktes machen. An die Grenzen gehen. Sich wieder jung fühlen und reines Adrenalin durch die Adern pulsieren lassen.

So haben es Sylvia und Lore nach dem Konsum einer Flasche Pinot Noir, die sie im *Super U* über der Grenze im Elsass gekauft haben, beschlossen.

Nach mehreren todlangweiligen Wochenenden in Museen, bei Kirchenkonzerten, Vernissagen und Lesungen suchen sie todesmutig den Ticketshop am Karlsruher Hauptbahnhof auf und kaufen Eintrittskarten.

Für ein Rockkonzert. „Furious Legends. Violent Tour 2012.“

Schon die Werbeplakate mit Leder tragenden Kerlen und flammenschlagenden Gitarren lassen wohlig erschauern.

„Des wird toll. Endlich mal wieder den Puls der Zeit fühle. Dabei sein. Selbscht. Live. Net nur am Fernseher, wo mer hinnerher ausschalte kann und in sei Bett geht“, freut sich Lore.

„Authentisch! Lebe wild un gefährlich!"

Genau das macht Sylvia allerdings Sorgen.

Sie will ja durchaus mit Lore auf dieses Rockkonzert gehen. Richtig rockiger Rock. Und auch noch Rock gegen Rechts.

Das ist was gesellschaftlich Relevantes. Da atmet der linke Zeitgeist direkt neben einem.

„Des Konzert isch net in Karlsruh. Die traue sich net an die Grupp ran, hier in der Stadt. Zuviel Gewaltpotenzial. Müsste se zuviel Polizischte abstelle. Sie habe's ausgelagert. Nach Brette. Im Kraichgau", verkündet sie im Kollegenkreis. Und auf die allgemeine Anerkennung reagiert sie lässig: „Ja, mer muss mal Stellung beziehe. Gege de Strom schwimme!"

Studiert dann abends daheim besorgt den Lageplan, der in dem Päckle mit den Karten war.

Ruft die Lore an.

„Die habe e ganzes Gebiet abgesperrt. Richtung Oberderdinge. Mit Zäun. E große Wies. Außerhalb. Und über der Straß noch eins. Für die Autos und die Motorräder. Hoffentlich regnet's net. Wege dem nasse Gras, wenn mer dann nachts zum Auto laufe."

„Gibt kein Rege. Bei uns net. Und ich fahr sowieso net mit dem Auto. Dann kann ich ja nix trinke. Un ich kann net gege Rechts rocke un nix dazu trinke."

„Die kontrolliere am Eingang, ob du Flasche dabei hasch!"

„Richtig. Aber ich kann mer ja drin e Bierle hole."

„Bier? Und die harte Musik? En gefährlicher Cocktail. Meinsch net, dass du dann immer mehr und mehr willsch? Bier gilt auch schon als Einstiegsdroge."

„Aber net an ei'm einzige Abend!"

„Und die werfe dir heimlich e Tablette ins Glas, dass du vollkommen willelos wirsch."

„In Frankfurt vielleicht. Oder in Berlin. Net in Baden. Net bei uns."

„Okay. Und jetzt?

„Mir suche uns e Straßebahn raus und fahre nach dem Konzert widder heim. Mit der Stadtbahn. Bade-Württeberg-Ticket. Was weiß ich. Irgendwas."

„Und wenn nachts Besoffene drin sin? Uffgeheizt von der Musik. Oder Rechtsradikale? Die zu'm heimliche Treffe in Karlsruh oder in Rastatt fahre? Ich hab schwarze Haar und mir komme von'm Rockkonzert. Des isch feindliche Musik für die. Negermusik, ich sag des Wort net gern. Mir sin dann extrem gefährdet."

„Hab ich kei Sorg. Da passiert nix!"

„Wie kannsch so sicher sein?"

„Net bei uns!"

Mer kann sich's net aussuche

Weise Erkenntnis. Resignation schwingt mit. Für jedermann und jederzeit gültig. Tröstlich. Leider stimmt's nicht. Eigentlich kann man sich's nämlich schon aussuchen …

Sylvia ist mit ihrer Altlast Gerda in der Karlsruher Innenstadt unterwegs. Die Gerda möchte sich nämlich „hier unten" was zum Anziehen kaufen. Und zwar einen blauen Blazer, auf dem ein Steuerrad und/oder ein Anker abgebildet ist.

„Warum denn das?"

Sylvia hat's nicht mit blauen Blazern. Ihre Mutter hat manchmal Kataloge mit Frauen in blauen Blazern zugeschickt bekommen. Als Kind hat sie den Frauen Schnurrbärte gemalt und die Blazer durchgestrichen.

„Wenn wir mal zum Herbst-Tee geladen sind, ist dies die passende Kombination. Gestreifte Bluse und ein solcher Blazer", belehrt Gerda sie – in der Hoffnung auf einen Herbst-Tee im Badischen, wo in dieser Jahreszeit Federweißer und Zwiebelkuchen auf dem Programm stehen.

Sylvia durchforstet ihre Erinnerung nach irgendeiner Einladung zum Tee in ihrem Leben.

Gibt's hier nicht so oft. Nur bei dem Typ Frau, der in Dritte-Welt-Läden sitzt, dort gratis Aufsicht führt und dabei mit Alpakawolle Socken für Kinder in der Sahelzone strickt.

Sie selbst trifft sich meistens zur Latte oder zum Crodino. Doch halt! Vor fünf Jahren war sie mal an einem stürmischen Novemberabend von einer Kollegin zum Tee eingeladen worden.

Aber es gab auch dort Tee nur als Nebenprodukt. Sylvias Bitte nach einem „Weinle" war auffallend rasch stattgegeben worden.

Gut. Also. Blazer.

Man steuert das beste Kleidergeschäft am Ort an.

„Tut mir leid", sagt die Verkäuferin. „Wir führen zwar blaue Blazer, aber an denen ist sonst nichts dran. Nur Knöpfe. Ich mein, die haben keine Steuerräder und keine Anker. Vor Jahren hatten wir mal ein solches Teil mit einem Kompass drauf. Schurwollemischung."

„Eine Windrose vermutlich!", wirft Gerda pikiert ein.

„Wie auch immer. Des Ding wollt keiner habe", erregt sich die Verkäuferin noch in der Rückschau, und ihr Verkaufsdeutsch weicht dem Badischen. „Mir habe's fast verschenke müsse."

Gerda schüttelt den Kopf.

In der Folge probiert sie im ersten Stock in der Abteilung Damen Blazer um Blazer an.

Sie sieht in jedem einzelnen derart langweilig aus, dass Sylvia fast vor Müdigkeit die Augen zufallen.

Gerda entscheidet sich mühsam für ein hüftlanges Stück und drängt die Verkäuferin schließlich, bei der hauseigenen Schneiderei anzurufen, um zu erfragen, ob man das Steuerrad nachträglich aufsticken könnte.

„Ich hab hier e Kundin", raunt die Verkäuferin, „die will unbedingt was Mediterranes auf ihr'm Blazer."

„Nichts Mediterranes, etwas Maritimes", korrigiert Gerda streng.

„Hörsch du's?"

Am anderen Ende wird gesprochen.

„Was? Aufbügeln? Die Adrienne?"

Die Verkäuferin hält den Hörer zu. „Wir habe e Elsässerin in der Näherei. Die bügelt ihne Sache auf. Hundle, Katze und Bärle werde manchmal verlangt. Koscht zehn Euro Aufpreis auf den Blazer. Zwei Hundle 15 Euro. Sonderpreis. Nur heut."

„Ich möchte keinen Hund, sondern einen Anker", beharrt Gerda. Und laut in Richtung Elsässerin: „Une ancre!"

Die Verkäuferin seufzt.

„Adrienne, hascht du en Anker?"

Es dauert eine Weile, bis Adrienne offenbar ihr Aufbügelkästchen durchsucht hat.

„Aufbügle wird net mehr oft verlangt, heutzutag mit dene H&M-Shirtle. Die sin so billig, des lohnt net!"

Gerda wartet regungslos. Am anderen Ende wird gesprochen.

„Sie hat leider kein Anker. Aber sie hätt e Matrosegsichtle!"

„Wie bitte?"

„Das Gesicht eines Matrosen!"

„Wie sieht der Matrose aus?"

„Adrienne, wie der Matros aussieht!"

Längere Ausführungen am anderen Ende.

„Wie en Matros halt. Er lacht und hat e Pfeif im Mund. Un e Kapp uff."

„Er soll nicht lächerlich aussehen. Eher wie ein Kapitän. Das ginge."

Sylvia erwartet, dass gleich die *Versteckte Kamera* auftauchen wird.

Die Verkäuferin fängt an zu schwitzen.

„Sie sagt, sie isch mehr vom französische Festland, aber sie glaubt net, dass er e Führungsposition hat. Mehr en normale Matros. Aber sympathisch."

Gerda hat das Interesse an dem Blazer samt Seemann verloren.

„Ich möchte dann doch Abstand nehmen. Bei uns gibt es überall maritime Blazer zu kaufen."

„Wo sin Sie her?"

Gerda muss sich erst überlegen, ob sie irgendeiner Verkäuferin eine derart intime Auskunft geben kann.

„Aus der Gegend von Lübeck. Sie werden den Ort nicht kennen."

„Ja. Gott. Gell. Mer kann sich's net aussuche!"

Vielleicht e anneres Mal

Versöhnliches und vollkommen nichtssagendes Ende einer missratenen Sache. Es ist zwar Scheiße gelaufen, aber man ist sich nicht gram. Der Satz wird auch verwendet, wenn es ganz bestimmt kein anderes Mal geben wird.

Lore hat beschlossen, es mit einer Partnervermittlung im Internet zu versuchen.

Lovethings heißt die Agentur und wirbt mit fünfundzwanzig Partner-Vorschlägen gratis, bevor sie anfängt, abzubuchen.

Der Nachteil bei den Günstig-Männern ist nur, dass man kein Foto von ihnen sieht, sondern nur einen dunklen Schatten.

Zuerst muss Lore aber online einen umfangreichen Fragebogen ausfüllen.

Wie wichtig ist ihr Herzenswärme auf einer Skala von eins bis zehn?

Lore klickt zehn an, korrigiert dann auf acht, weil sie kein sentimentales Weichei haben will. Sie fragt sich, wer hier wohl die Eins ankreuzt.

Zum Schluss hat sie sich virtuell ihren Traummann gebacken. Sportlich, schlank, intelligent, tierlieb und humorvoll ist er. Er bekleidet eine Führungsposition und ist kulturell aufgeschlossen. Ebenso bekennt er sich zur Treue und zu einer gewissen Großzügigkeit. Er kocht, geht aber auch gerne aus und liebt Städtereisen sowie das Land Frankreich, dessen Sprache er ebenso spricht wie Englisch.

Passend zu diesem Phantom vollzieht auch Lore ein internes Upgrade.

Sie sei durchaus schlank und recht nett aussehend, ja sogar attraktiv, liebe es, sich gut zu kleiden, lege großen Wert auf ein gepflegtes Äußeres und man könne sie gut und gerne als Luxusgeschöpf betrachten.

Sylvia, das echte Luxusgeschöpf, findet das gut.

„Recht so. Net zu bescheide. Du musch dene Männer gleich klarmache, dass du gewisse Standards hasch. Wege der Wertschätzung. So wie sie dich kennelerne, so behandle sie dich für den Rest des Lebens!"

Jedenfalls bekommt Lore nacheinander Vorschläge für passende Männer sowie die Punktezahl der gegenseitigen Übereinstimmung.

Die meisten schaffen es höchstens auf 80 oder 86. Ein Lehrer aus Berlin schießt mit 91 Punkten den Vogel ab.

Fast schon hätte sie den Lehrer angemailt, als ein Hundertpunktler erscheint. Aus Offenburg. Also auch noch dazu ein Badener. Offenburg ist ein nettes Städtchen. Dort könnte sie sich wohl fühlen. Ortenau. Wandern. Wein. Sonne. Nähe zu Frankreich. Ein Glücksfall.

„Den probier ich aus. Hunnert Punkte!"

„Was isch er von Beruf? Was macht er?"

„Juwelier."

„Juwelier? Wie kann der mit dir hunnert Punkte erreiche? Ich mein, du trägsch doch kaum Schmuck."

„Des net, den Punkt mit Schmuck gab's nirgends in dem Fra-

gekatalog. Aber er hat e Katz un er isch oft im Elsass drübe unnerwegs. Ich hab auch e Katz!"
„Dann probiersch ihn halt mal aus!"

Man kann's kurz machen: Martin Borgwart, Juwelier und Uhrenhändler, und die Lore haben so viel gemeinsam wie Angela Merkel und Sahra Wagenknecht. Oder noch weniger, denn diese beiden sind immerhin alle beide Frauen.

„Konnte Ihre Freundin nicht kommen?", fragt Martin Borgwart höflich und steht mit einer kleinen Verbeugung auf. „Ist sie krank?"

„Wieso?", fragt die Lore verwirrt. „Ich bin's selbscht. Lore Endle aus Karlsruh! Mir zwei habe hunnert Punkte."

Martin Borgwart, groß, schlank, mit Fliege und Nadelstreifenhemd, mit Designerjeans und handgenähten Schuhen sowie einem dicken Siegelring und Breitling-Uhr, setzt sich abrupt wieder. Er ringt um Fassung. Doch seine Verkäufererfahrung kommt ihm zugute.

„Ich hatte Sie mir etwas anders vorgestellt."

„Ja, wie?"

„Mehr so … elegant!"

„Wieso? Des T-Shirt isch neu un die Hos auch."

„Verzeihen Sie."

Borgwart deutet eine Verbeugung an. Lore lächelt mütterlich.

„Früher konnt man da ja nix kaufe, da habe Sie schon Recht, aber heutzutag habe die auch ganz gute Sache. Man muss nur e bissle suche."

„Wo?"

„Bei C&A."

Martin Borgwart, der einen C&A nicht betreten würde, selbst wenn er es bezahlt bekäme, schluckt.

Und es wird nicht besser. Lores Hang zu einem Getränk

namens Almdudler sowie die Tatsache, dass sie auf Nivea als Hautpflege schwört und am liebsten in einem Heuhotel Urlaub macht, lässt die hundert Punkte schmelzen wie Eis in der badischen Sonne.

Martin Borgwart würde Lore niemals heiraten, selbst dann nicht, wenn Vielweiberei erlaubt wäre und der Platz für Nebenfrau Nummer 23 noch frei wäre.

Aber wie die Peinlichkeit zu einem anständigen Ende bringen?

„Was haben Sie für eine Katze?"

„Tierheimfund. An der B36. Verwildert und verwurmt. Am Schwanz fehlt e Stückle. Aber sonscht isch sie ganz hübsch. Außer dem Aug halt."

Martin Borgwart hebt die Hände in bedauernder Geste.

„Tut mir leid. Das passt nicht. Ich habe eine Kartäuserkatze. Weiß mit grauen Abzeichen. 1500 Euro. Schwanz intakt. Alle Augen. Ich will züchten."

„Habe Sie jetzt jemand für sich oder für Ihr Katz g'sucht?"

Borgwart steht auf.

„Für uns beide. Kassandra ist heikel. Tut mir leid. Ich glaube, wir kommen nicht zusammen!"

Lore schluckt.

Sie steht auch auf. Sieht traurig aus.

Martin Borgwart erinnert sich, dass er nicht nur Juwelier, sondern auch Badener ist.

„Vielleicht e anneres Mal!", sagt er warm.

Heut wird's schön

Sehr beliebter Spruch im Badischen. Beliebt und überflüssig, denn er wird meistens angesichts blauen Himmels geäußert. Wenn das Wetter sowieso keine andere Chance hat als schön zu werden. Aber was würden wir ohne diesen Spruch machen?

Frau Wenzle streckt die Nase aus ihrem Bau. Schnuppert nach oben. Sieht Elkes Mann Manfred im Garten.

„Schwer beschäftigt mit Äst abschneide und Zeug rausrupfe und Umtopfe," murmelt sie.

Obwohl letzteres ja aus seiner Sicht Frauenarbeit ist, während die Männer eher Bäume pflanzen und Teiche anlegen sollten, aber die Elke macht sich nun mal gar nichts aus Gartenarbeit.

Manfred ist nicht leicht zum Sprechen zu bringen.

Das weiß Frau Wenzle.

Sie hat aber akuten Mitteilungsbedarf, und es ist kein anderes Opfer greifbar.

Sie will reden. Beispielsweise über das tolle Hotel am Bodensee, in das ihre Tochter Arnika sie gerade gestern Abend eingeladen hat. Der neue Lebensgefährte würde fahren. Mit seinem Riesen-BMW, in dem sogar der Rollator Platz hätte.

Dass das ein sauteures Auto ist, würde Frau Wenzle allerdings auch wissen, ohne dass es ihr die Arnika ständig einhämmert.

Kurz und gut. Sie will und muss von dem herrlichen Hotel erzählen und die Bilder aus dem Prospekt zeigen. Jetzt und hier, sonst platzt sie. Früher war immer jemand um sie herum, dem sie alles erzählen konnte. Nach und nach sind sie alle verschwunden. Die meisten auf den Friedhof.

Frau Wenzles Augen wandern unschlüssig über den Zaun und zurück.

Er ist kein schlechter Kerl, Elkes Mann. Sie muss ihn nur ansprechen. In eine nette Unterhaltung verwickeln, in der dann der Prospekt ganz selbstverständlich vorkommt. Wäre die Elke dabei, wäre das alles kein Problem.

Aber wie spricht man einen einzelnen Mann an, der noch dazu am Arbeiten ist?

Keinesfalls spricht man über das Wetter!

Soviel weiß Frau Wenzle noch aus ihrer Ehezeit. Wetter ist ein Verlegenheitsthema, um die Zeit mit Worten aufzufüllen, und Männer haben's nicht mit Worten, die keine konkreten Botschaften enthalten.

Sein Auto? Auto ist immer gut. Das Auto ist das Wetter des Mannes. Etwa:

„Mir kommt euer Auto ganz verändert vor. Kann des sei, dass des neu isch?“ So könnte sie sich anschleichen, gesprächstechnisch gesehen. Andererseits, vielleicht ist es nicht neu, und er ärgert sich über die Anspielung.

Besser man spricht über die Arbeit. Lieben es Männer aber wirklich, über die Arbeit zu sprechen? Jedenfalls mehr als über das Wetter. Zwar hat ihr Kurt nicht über seine Arbeit als Straßenbahnfahrer sprechen wollen, aber die jungen Männer sind vielleicht anders. Alles, nur nicht das Wetter, murmelt Frau Wenzle gebetsmühlenartig.

„Un, Manfred, was macht dei Arbeitsstell? Geht alles gut soweit? Ja, solange mer schaffe kann, gell?“

Das könnte klappen. Von dort wäre auch die Überleitung zum Urlaub ganz einfach: „Ich kann jetzt mei Freizeit genieße. Beispielsweis am Bodesee!“.

Frau Wenzle betrachtet den geschäftigen Manfred. Es könnte aber auch schiefgehen. Dass er gar keine Arbeit mehr hat und antwortet: „Mei Arbeit? Leider verlore. Geht heutzutag schnell. Umstrukturierunge.“

Dann könnte sie die Überleitung zum Bodensee vergessen. Das ginge dann nicht.

Vielleicht würde er auf die Kinder anspringen.

„Früher“, denkt Frau Wenzle wehmütig, „hatte ja Männer net viel im Sinn mit ihre Kinner. Fast peinlich war des, wenn sie mal vor dem Laden den Kinnerwage hüte musste, während die Frau drin Brot gekauft hat.“

Heute sind Väter auch Elternteile.

„Euer Kleine ist schon e richtige Dame geworde“, könnte sie zu ihm sagen. Aber wer weiß. Frau Wenzle betrachtet Manfred nachdenklich. Er stöhnt und wischt sich den Schweiß ab. „Möglicherweise isch ihm das gar net recht, dass die so groß worde isch. Hätt sie lieber als Mädele behalte. Vielleicht isch sie frech. Tanzt ihm uff de Nas rum. Bringt schon Bube mit nach Haus.“

Heikles Thema.

Aber alles besser als das verdammte Wetter.

Frau Wenzle seufzt.

Den Prospekt von dem Hotel hat sie vorne in dem Korb am Rollator. Ungenutzt. Unbewundert.

Wer weiß, wann ein anderes Opfer vorbeikommen wird. Es ist ruhig geworden um sie in diesen Tagen. Die alte Frau Bittner aus der 64 kann auch nicht mehr aus dem Haus.

Jetzt richtet sich der Manfred auf.

Stöhnt ein bisschen.

Gesundheit? Die Möglichkeiten schießen Frau Wenzle durch den Kopf. Auf Rückenschmerzen ansprechen? Gefährlich. Könnte ihn als alten Mann erscheinen lassen, und das mögen Männer nicht.

Aber alles besser als das We ...!

Manfred hat sich jetzt mit knarzenden Knochen ganz aufgerichtet, guckt zu Frau Wenzle rüber:

„Hallo, Frau Wenzle. Gucke Se mal nach obe. Ich glaub, heut wird's schön. Der Himmel hat so e intensives Blau. Grad recht, um en Ausflug zu mache. Fahre Sie auch mal widder weg?

Der Freund von ihrer Tochter hat doch jetzt so e schickes neues Auto, das tät sich anbiete. Wenn mer nur immer gleich e Hotel hätt, gell?"

Frau Wenzle zittert vor Freude. Der Rollator kann ihr kaum folgen.

„Manfred, jetzt wo Sie's schon anspreche, gucke Sie mal hier. Rein zufällig hab ich so e Heftle von em Hotel am Bodesee dabei ..."

Mer müsse mal widder grille miteinander

In anderen Regionen Deutschlands wäre das ein brandgefährlicher Satz. Gerade da, wo es nur drei Mal im Jahr richtig heiß ist, müsste man mit knallharten und unangenehm konkreten Terminvorschlägen rechnen. Nicht im sonnigen Südwesten. Grillzeit ist von März bis Oktober, der Satz bleibt also eine schöne Verheißung, etwa so wie das Ewige Leben oder Wahlversprechen der Parteien.

In dem Kreis der badischen Freundinnen Susanne, Lore, Johanna-Marie, Sylvia und Elke ist diese die einzige, die ganz bürgerlich verheiratet ist.

Mitsamt Trauschein, Kindern, Schwägerinnen, Schwiegerleuten und gelegentlichen Scheidungsgedanken. Vor allem um Letztere beneiden ihre Freundinnen sie. Nur, wer verheiratet ist, kann so düstere, dramatische Trennungsgedanken hegen.

Elke hat außerdem einen Garten, einen Hund, eine Katze und einen Grill. Dieser ist der Anlass, um Pläne zu schmieden beim monatlichen Frauenfrühstück.

„Mer müsse mal widder grille, alle miteinander!"

Nicken in der Runde.

„Ausnutze solang's so schön isch!"

Nicken in der Runde.

„Am beschte noch vor Pfingschte. Da isch's noch net gar so heiß!"

„Tut mer leid!", sagt Susanne, die Autorin. „Ich hab furchtbar viele Lesunge bis Pfingschde. Hochkonjunktur für uns Schreiberling. Danach wird's besser. Vielleicht im Juni!"

„Juni isch net so gut!" Johanna-Marie führt gedanklich gleich zwei Terminkalender. Ihren und den von Freund Torsten, der zwar immer noch mehr weg als da ist, der aber angekündigt hat, im Juni würd's vielleicht ruhiger.

„Warum net?"

„Geschäftsbesuch, und mei Tante will komme!", lügt Johanna-Marie, denn beim Mädels-Grillen Rücksicht auf den Freund zu nehmen, kommt nicht gut an, das weiß sie. Singles hassen es, wenn auf Männer Rücksicht genommen wird. Sylvia, Lore und Susanne sind der Meinung, dass Frauen selbständige Wesen sind und die Welt aus weit mehr schönen Dingen als nur aus Männern besteht. Und sie haben Recht, denkt Johanna-Marie finster. Sie wird an Torsten nur noch so lange festhalten, bis sie was Besseres gefunden hat. Ein neuer Job findet sich ja auch allemal besser aus ungekündigter Stellung.

„Was für e Tante?"

„E entfernte Großtante."

Großtanten und zudem entfernte sind immer gut als Ausreden. Praktisch jeder kann irgendwie Großtante sein. Die Verwandtschaftsverhältnisse sind schwer zu durchschauen. Es könnte die Schwester einer Cousine der Mutter sein oder die Schwägerin eines Onkels väterlicherseits.

„Also Mai wär bei mir ideal g'wese", wirft Sylvia triumphierend ein. „Mitte Juni bis Mitte Juli plan ich mein Jahresurlaub, und dieses Jahr bleib ich net daheim und wart, dass eine von euch mal Zeit hat. Ich buch was. Wahrscheinlich einmal Wellness in Kroatien mit zwei Kulturbausteinen."

Lore blättert in ihrem Terminkalender. Sie hält ihn extra nah an ihren Körper, damit keiner sieht, dass er praktisch leer ist.

„Also, ich hab abartig viel Termine im Frühjahr, aber en nette Grillabend könnt mer immer mal reinschiebe", sagt sie voll Hoffnung. „Wie wär's dann Mitte Juli?"

„Sorry", sagt die Elke. „Da sind die ganze Schulfeste. Und Ausflüg. Ich geh da immer mit. Ihr wisst ja, ich bin im Elternbeirat. Und danach sin Sommerferie. Da wisse mer noch net genau, wohin mer fahre. Wandern oder ganz spontan mit de Kinner ans Meer. Kommt auch uff de Hund an. Ob mer jemand für ihn finde. Jemand, der ihn nimmt! *Zu sich nimmt.*"

Letzteres sagt sie eindringlich.

Alle gucken weg.

„Es gäb auch e Geschenk. E kleines Geldgeschenk."

Alle gucken weg. Niemand hat Lust, das struppige Vieh für ein *kleines* Geldgeschenk zu hüten.

„Dann mache mer's Anfang September. Dann isch's au net mer so heiß!"

„Da geht's bei mir net. Lesunge und die Vorbereitung für d' Buchmess!"

„Anfang September ... da muss ich ins Krankehaus. Nix Ernstes. Ich lass mir die Stell hier an der Nas wegmache. Guckt, hier. Dem Hautarzt gefällt sie net und er meint, des isch sicherer!"

Alle inspizieren Lores Nase.

Sehen nichts.

Gott sei Dank.

„Im Oktober hat's auch noch schöne Dag, hier bei uns. Und dei Buchmess geht ja wohl net wochelang."

„Im Oktober wird der Manfred fuffzich. Mer mache nix Offizielles. Nur Familie und sein Chef. Aber da kann ich net noch e privates Grillfescht plane."

„Oktober isch bei mir auch schlecht", behauptet Sylvia. „Da balle sich die Termine. Betriebsausflug. Wahrscheinlich nach Freiburg! Un mein Vadder hat Geburtstag."

„Ich denk, der hat im Dezember!"

„Und wann soll ich bitte schön e G'schenk für ihn kaufe? Geh mal im November in die G' schäfte!"

„Also, mer wer'n schon was finde. Mer müsse nämlich wirklich mal widder grille."

Alle nicken. Mer-müsse-mal-widder.

Von was träumsch eigentlich nachts?

Komischer Spruch. Erst nach Erläuterung zu verstehen. Hat jemand so wilde Tagträume, dass für nachts nichts mehr übrig bleibt?

Lore und Sylvia haben die Baustellenlandschaft von Karlsruhe hinter sich gelassen und gehen nun an einem Sonntagnachmittag in Baden-Baden in der Lichtentaler Allee spazieren.

Ein Ereignis wie ein Museumsbesuch.

Sehen und staunen, aber nichts anfassen.

Der Himmel ist azurblau, die Bäume wachsen tiefgrün hinein und zwischen üppigen Oleandern und Rhododendron lugen Millionärsvillen mit Wintergärten und gärtnergepflegten Kieseinfahrten hinter schmiedeeisernen Gittern hervor. Keine Namen an den Toren. Wer hier wohnt, bekommt keinen Überraschungsbesuch. Dafür sorgt die Alarmanlage.

Lore staunt und Sylvia atmet tief ein, so als könnte man Luxus inhalieren.

„Hier werd ich eines Tages lebe“, verkündet sie dann etwas überraschend. „Un des dauert net mehr lang! Raus aus der Mittelmäßigkeit. In Bade-Bade gehe die Uhre annerscht. Frühstück im Café Capri, da hinte, Leut betrachte, flaniere, shoppe gehe. Mittags en Treff mit annere Leut, die's auch g' schafft habe. Interessante Männer mit graue Schläfe und schwarze Zahle auf'm Konto. Geliftete, kosmetikeringepflegte Fraue, Lunch im Carpe Diem da drübe, mit Blick auf die Oos. Nachmittags überprüfe, ob die Putzfrau sauber gearbeitet hat und die Gästeliste für abends z' sammestelle. Dann Cocktails mixe, trinke, in de Garte gucke und warte, bis die illuschtre Freunde komme. Tennis spiele, Bridge, und ab und zu wohltätig sein. Des isch Lebe, und des werd ich erreiche."

Lore bleibt stehen.

„Und wie?"

„Ich hab mein Plan, aber den verrat ich net. Net, dass du mer noch in die Nachbarvilla einziehsch. Ich will für mich sein. Luxus allein auskoschte. Ohne Worte. Ich nabel mich dann ab von mei'm bisherige Kreis. Erfind mich neu. Komm wie aus'm Nix. Die bessere Kreise reiße sich drum, mei'm Geheimnis auf die Spur zu komme."

„Und was isch dei Geheimnis?"

„Das weiß ich heut noch net, aber ich werd schon eins finde. Auf jeden Fall end ich genau hier. In der Lichtentaler Allee."

„Und von was träumsch nachts?", fragt Lore und meint es durchaus ironisch.

Hat net solle sei

Bleiben wir in Baden-Baden und dort in der Spielbank, wo solche Träume wahr werden können. Theoretisch zumindest. In der Realität gewinnen immer die Kurhaustiefgarage und die Bank. Beide teilen sich dein Taschengeld für den Baden-Baden-Ausflug untereinander auf.

Lore und Sylvia haben sich vorgenommen, vernünftig zu sein. Das heißt, Lore hat sich das vorgenommen, während Sylvia insgeheim plant, heute Abend den Grundstein zu ihrem künftigen Glück zu legen. Entweder durch eine interessante Bekanntschaft oder durch einen interessanten Geldgewinn, was mindestens ebenso viel Spaß macht.

„Ich hab mich in einschlägige Kreise umgehört. Es gibt e paar eherne Gesetze wie du die Bank überlistest un als Gewinnerin nach Haus gehsch!“

„Ja. Gar net erscht anfange. Nix umtausche. Nur zugucke. Das isch des ehernschte von alle Gesetze!“

„Falsch. Immer auf die einfache Chance spiele und wenn mer verliert, immer de Einsatz verdopple. Irgendwann klappt’s, und dann hat mer alles widder raus.“

Lore wechselt zehn Euro, Sylvia dreihundert. Wenn sie das verliert, muss sie den Rest des Monats Spaghetti mit Butter essen. Aber sie wird es nicht verlieren, sondern sich von Rinderfilet, handgeklopftem kanadischem Wildreis und gefüllten Artischockenherzen nähren.

„Wenn mer ins Geschäft nix reinsteckt, holt mer nix raus."

In der Spielbank Plüsch, Pracht und Kristalllüster. Bilder, Gobelins, Empiremöbel, schwüler Parfümduft, das Klirren von Cocktailgläsern, das leise Murmeln der Spieler, das verebbende Klackern der Kugel. Das leise Raunen, wenn sie liegenbleibt.

Filmatmosphäre. Unwirklich. Ein brisantes Gemisch aus Geld, Erotik, Gefahr und Abgrund.

Lore legt ihren Zehn-Euro-Chip auf Schwarz, direkt gegenüber von der Sylvia, die Rot belagert. Schwarz fällt. Lore kann es nicht glauben. So ein Glück.

Aus Zehn mach zwanzig. Und so schnell. Sie krallt ihre Finger um die zwei Jetons.

Die wird sie nie wieder hergeben. Sie schleicht nach draußen zu den kleinen Boxen, in denen ironisch dreinblickende Herren darauf lauern, dass haltlose Süchtige nachkaufen müssen.

„Bitte wechsle!"

„Gern!"

Ohne eine Miene zu verziehen, schiebt ihr der Uniformierte das Geld zu.

Lore ist zehn Euro reicher. In weniger als zwei Minuten.

Sylvia sitzt hingegen wie angewurzelt am Spieltisch. Vor sich ein Häufchen Chips, das immer weniger wird.

An der Anzeigetafel sieht man eine stabile schwarze Serie. Sylvia starrt und murmelt. „Jetzt kommt Rot. Jetzt muss Rot komme. Siebemal schwarz. Des gibt's net."

Ein älterer Mann mit unklarem Migrationshintergrund tröstet sie: „Ich habe schon 26 Mal eine Farbe fallen sehen."

Sylvia stöhnt. Verliert die Geduld. Verdoppelt nicht mehr, vermehrfacht, schiebt alle Jetons auf die Sieben, angeblich ihre Glückszahl.

„Rot 12!", verkündet der Croupier herzlos.

Sylvia heult auf.

„Bitte beruhigen Sie sich", mahnt der Obercroupier von seinem erhöhten Stühlchen aus. „Nehmen Sie eine kleine Pause. Trinken Sie etwas in unserer Bar!"

„Ich hab kei Geld mehr zum Was-Trinke!", tobt Sylvia. „Ihr habt mer alles g'nomme!"

Der Mann mit Migrationshintergrund lächelt bedauernd. Sein Goldzahn blitzt.

Lore hat mit ihren zwanzig Euro Sylvia dann ein Glas Wein spendiert.

„Hat net solle sei!", sagt sie.

Was macht euer Katz? Lebt se noch?

Dieser Satz ist anwendbar bei Begegnungen mit Menschen, von denen man lange, sehr lange nichts gehört hat oder bei denen man sich nicht mal mehr erinnern kann, seit wann man sie kennt, über wen man sie kennt und warum man sie überhaupt kennt.

Susanne, die Autorin, befindet sich auf einer Lesung in einer Buchhandlung in Achern. Der jovial lächelnde Buchhändler steht am Eingang und begrüßt jeden Gast mit einem Glas Sekt und einem kleinen Hundeleckerli.

Kundenbindung nennt man das.

Er vermutet zu Recht, dass die meisten Zuhörer Hundebesitzer sind. Deshalb hat er die Verkaufsfläche leicht umdekoriert und Natur- und Hundebücher auf einladende Stapel gelegt.

In großen Türmen warten Susannes Bücher neben dem Büffet aus Salzstangen und Cräckern.

Die Lesung selbst verläuft durchaus erfreulich.

Die Leute lachen herzlich über Paul, den Hund, der zwar selbst nicht vortragen kann, aber malerisch neben seiner Herrin liegt und zuhört, wie seine lustigen Episoden zum Besten gegeben werden.

Wenn das Wort Katze fällt, zucken seine Ohren, und als geklatscht wird, steht er auf. Alle sind begeistert.

„Mal was anneres."

„Des hat sich gelohnt. Mer sieht die Natur mit ganz annere Auge!"

„Also, Ihne und Ihrm Hund könnt ich tagelang zuhöre!", lobt eine ältere Dame. Streng mustert sie den Buchhändler. „Endlich mal was Luschtiges. Net immer nur traurige Sache. Und net immer nur Sex. Und Politik."

Der Buchhändler lächelt verkrampft.

Die ältere Dame streichelt Paul und kauft zwei Bücher.

Susanne guckt bescheiden und ist doch geschmeichelt.

Nach den bitteren Jahren, als zu ihren Krimilesungen weniger Leute als zum Jüngsten Gericht erschienen sind, tut die Welle der Sympathie, auf der sie durch Mittelbaden getragen wird, gut.

Eine weitere ältere Frau, die aussieht wie ein Klon der ersten, will ein Buch „Für Burschi, den Lümmel von nebenan" signiert haben. „Und wenn Sie noch grad so e Hundepfot male würde. Des könne Sie sicher."

Susanne seufzt. Manchmal ist der Job schon hart.

„Und das habe Sie alles selbscht erlebt, mit dem Hundle? Aber es isch auch gar zu nett, des Hundle."

Paul wedelt mit dem Schwanz.

Susanne wird, wie es üblich ist, hinterher noch zu einem „Weinle" in „e gemütliche Wirtschaft" eingeladen.

Um den Tisch drängen sich neben ausgewählten Fans der Buchhändler, ein Wichtigtuer aus dem Gemeinderat, ein weiterer aus dem Kulturausschuss sowie Ehefrauen, Töchter, Mütter und Mitarbeiterinnen von allen oben genannten.

Man rückt zusammen. Achtet darauf, nicht zu weit von der Künstlerin entfernt zu sitzen. Mit dem Herrn Bächle vom Kulturamt kann man schließlich immer reden, aber die Autorin ist nachher wieder fort.

„Hallo, Susanne, kenn'sch uns noch?"

Die Frage fällt öfter bei ihren Lesungen, und Susanne hat ein entsprechendes Lächeln reserviert. Freundlich, aber nicht zu freundlich.

Meistens bleibt's dabei. Der Kennschmichnoch kauft normalerweise ein Buch, und beim Signieren kann man sich irgendwie durchmogeln.

„Wie genau buchstabiert man jetzt den Name noch mal ..." Man spricht ihn danach mehrmals aus: „Also, Frau Reinhart ...", oder „So, Gabi und sonschd ...", man denkt sich noch drei freundliche Worte zum Abschied aus, und das war's.

Doch mit den beiden wird's schwieriger. Zwei Leute, blond, schmal, um die Fünfzig. Lehrertypen. Die gehören zum Tisch, zum engeren Kreis.

Die bleiben. Die erwarten, auch schon wegen der anderen, dass sich die Susanne an irgendwas erinnert, was mit ihnen zu tun hat. Damit sie mit der Bekanntschaft ein kleines bisschen renommieren können, morgen im Kollegenkreis ...

„Also, mir kenne ja die Susanne schon lang und dann sin mer am Abend ganz lang z' sammeg' sesse. So gemütlich wie früher. Un habe erzählt, was so alles passiert isch."

Die Leute werden beeindruckt sein. Wenn nicht, legt man noch nach: „Na, ihr wisst ja, mit manche Freunde isch es so, als hätt mer sich geschtern erscht g' sehe."

Susanne betrachtet das Paar heimlich.

Ja, sie hat die beiden gekannt. Irgendwann und irgendwoher. Wie man halt Leute kennt. Vielleicht aus ihrer Zeit mit der Folkloretanzgruppe in Bühlertal. Oder, als sie mal kurz bei den Grünen war. Oder von irgendeiner Einladung ...?

Als unscharfes Bild stehen die Leute, ihre Wohnung, ihr ganzes Leben vor Susannes Auge. Da schleicht ein Wesen durch das verschwommene Bild. Eine Katze. Stimmt, sie hatten eine Katze ... vielleicht hatten sie auch ein Kind oder eine Oma im Haus, aber bei denen kann man kaum fragen, ob sie noch leben ...

Dieses lächelnde Paar, blond, schmal und irgendwas um die Fünfzig.

Die erwarten jetzt etwas Privates und Persönliches. Sie kleben an ihren Lippen. Bitte, bitte, Susanne sag was aus unserer gemeinsamen Vergangenheit, auch wenn du dich an die nicht mehr erinnern kannst.

„Un? Lebt euer Kätzle noch?“

Mer komme net mehr so oft z'samme

Südwestdeutsche Menschen – hier seien Badener und Pfälzer besonders hervorgehoben – sprechen selten offen über ein Zerwürfnis mit anderen. Lieber verkleiden sie es in Formeln. So wie die obige.

Susanne hat bekanntlich einen Hund. Der Hund heißt Paul und ist ein bisschen prominent. Vor allem wegen der Bücher, die über ihn geschrieben werden.

„Spaziergänge mit Paul". Episoden mit Zeichnungen.

Susanne versucht aber, ihn so natürlich wie möglich aufwachsen zu lassen.

Nicht wie Suri Holmes, das Töchterchen von Tom Cruise, bei dem man in der BUNTE immer genau hinsehen muss, ob es gerade auf dem Weg in den Kindergarten oder in die Disco ist.

Paul trägt im Winter ein schlichtes Halsband mit Schottenkaros und in der warmen Jahreszeit eine leichte taupefarbene Sommerware.

Früher musste Susanne immer alleine mit dem Hund spazieren gehen. Für eine weitgehend erfolglose Krimiautorin, eine von vielen, hat sich niemand sonderlich interessiert.

Seit sie aber öfter mit Paul in der Zeitung ist, hat sich das geändert. Man lächelt sie an, wenn man ihr mit Paul begegnet, und sucht ihre Gesellschaft.

Nur die Hunde selbst haben Pauls neuen Prominentenstatus noch nicht so recht verstanden, kläffen ihn an, pinkeln ihn an, schnuppern hinten an ihm rum, so als sei er ein ganz stinknormaler Köter, der sich in zerquetschten Kröten und Amselpipi wälzt wie alle anderen Hunde auch.

Seit einiger Zeit hat sich Gudrun Zeller an Susanne herangemacht, und durch häufiges zufälliges Treffen am Hasenwäldle hat sich eine gemeinsame Laufrunde herausgebildet.

Gudrun findet durch Fangfragen heraus, dass sie zwölf Tage älter ist, und bietet der Susanne daraufhin bald das Du an.

„Ich bin die Gudrun, und du?"

Ein kluger Schachzug, um ein wenig Farbe in ihren Alltag zu bringen. Sie weiß nämlich ganz genau, mit wem sie es zu tun hat. Aus der Zeitung, aus dem Blättle, aus dem Regionalsender.

„Die Autorin verarbeitet alltägliche Erlebnisse mit ihrem Hund", heißt es da.

So erzählt Gudrun im Kreise ihrer Familie und Nachbarn: „Isch halt e Künschtlerin. Macht net viel im Haushalt, was ich so mitkrieg. Aber sonscht isch sie ganz nett. Wie alle annere Mensche auch! Ich mach da kei Unnerschiede. Warum soll die denn morgens net mit mir und dem Lucky laufe dürfe?"

Gudrun sucht zwar den matten Glanz, der von Susanne auf die Waldwege abstrahlt, aber Susanne soll möglichst nichts Privates von ihr wissen. Denn da sich „Spaziergänge mit Paul" gut verkauft, wird möglicherweise ein zweiter Band erscheinen, und Gudrun hat absolut keine Lust, darin etwas über sich selbst oder ihre Familie zu lesen.

„Die schreibt in Gedanke mit. Da muss mer e bissle vorsichtig sein. Mer muss ja net alles glei rumerzähle!"

Vor allem *das* nicht.

Jeden Morgen muss Gudrun nämlich ein schreckliches Ereignis verkraften.

Sie kommt ihnen mit ihrem verlausten Köter entgegen. Angeblich ein Rassehund. Ein Golden Retriever. Ha. Sie, Gudrun, weiß es besser. Hat den missratenen Rassel noch als Welpen gekannt.

Ein ausgesetzter Tierheimköter, der nur zufällig entfernte Ähnlichkeit mit einem Golden Retriever aufweist.

Die Person. Die Schlange.

Jeden Morgen wechselt Gudrun unter Vorwänden die Wegseite, wenn ihnen die blöde Kuh begegnet, die sie damals nicht zur Konfirmation ihrer Schlampe von Tochter eingeladen hat, obwohl sie ihrerseits sich mehrmals bei Zeller'schen Kommunionen vollgefressen hat ... Dafür war aber die fette Nachbarin zwei Häuschen weiter links eingeladen gewesen und hat überall angegeben, wie schön es war.

„Also, die Hilde und ihre Familie, die wisse zu feiern. E Stimmung war des. Ich schwör, sogar der Pfarrer hat der Gastgeberin flattiert, derart jugendlich und schick sah die aus, und wie der Tisch gedeckt war, wie e Bild aus so ner Zeitschrift! Mit Rösle und Sternle."

Jedes Rösle und jedes Sternle verfolgte Gudrun bis in die Nächte.

Seither herrscht Funkstille zwischen den Familien. Höchstens wechselte die eine oder andere Verleumdung via Facebook mithilfe der Töchter die Fronten.

Warum sie nicht eingeladen waren, hat Gudrun niemals wirklich herausgefunden. Die harmlose Bemerkung über die Zahl der Weinflaschen, die Hilde montags zum Flaschencontainer brachte, konnte es doch nicht gewesen sein. Das war doch nur lustig gewesen: „Nach'm Schaffe hat mer halt schon Durscht.

Ich vertrag ja nix, aber ich find's schön, wenn jemand so e barocke Lebensfreud hat wie du, Hilde!"

Eines Morgens haben sich auf der Seite des Waldweges, auf dem Susanne mit Paul und Gudrun mit Lucky immer zu laufen pflegen, nach einem Platzregen große Pfützen gebildet. Man muss also den gewohnten Pfad verlassen.

„Komm, Gudrun, mer laufe da drübe. Da sieht's besser aus!" Susanne stapft los.

Gudrun und Lucky folgen vorsichtig. Schon passiert's. Aus dem Grün der Tannen schält sich die Gestalt von Hilde samt dem grottenhässlichen Rassel hervor.

Gudrun wechselt die Seite und stapft mit ihren dünnen Schuhen durch die grau-schmutzigen Wasserlachen.

Susanne und Hilde wechseln ein paar Worte: „Scheußlich heut. Normal tät mer länger im Bett bleibe, aber wenn mer e Hundle hat, muss mer raus, egal wie. Das hält uns fit. Naja, en schöner Tag noch."

„Was isch eigentlich los?", fragt Susanne, als die Wege sich wieder treffen. „Magscht du die Frau net, oder was? Die isch doch ganz nett."

„Mir ware früher mal ganz gut befreundet", murrt Gudrun.

„Un?"

Die Badenerin sucht nach einem sprachlichen Ausweg, um lebenslange Todfeindschaft zu erklären.

„Mer komme halt net mehr so z'samme!"

Da kannsch nix mache

Weise Einsicht, die Seelenfrieden bringt. Bei manchen Dingen im Leben kann man halt nix machen.

Theodor und Lieselotte, Elkes Schwiegereltern, sind Mitglied bei den Badischen Blumenfreunden mit Sitz in Lahr und Filialen in ganz Baden.

Der Verein war einst fast vom Aussterben bedroht gewesen, weil die alten Vereinsmitglieder nacheinander beschlossen hatten, die Blumen von unten zu betrachten, doch dann wurde ein neuer Vorstand gewählt, und der hatte dem verstaubten Haufen frisches Leben eingehaucht.

Neuigkeiten aus der Welt der badischen Blume kann man jetzt auf *www.blumenfreunde-baden.de* erfahren. Die älteren Mitglieder verstehen diese www-Welt nicht mehr, doch sind nunmehr neue Blumenfreunde mittleren Alters hinzugestoßen.

Als Geschenk für die Neueintritte gibt es nun sogar einen Bildband, „Rosen in alter Zeit“, den der Vorstand in großer Zahl auf einem Ramschtisch im Kaufhof in Pforzheim entdeckt hat.

Im mühsamer Kleinarbeit wurde der Preis von 0,75 Cent abgeknibbelt, und nun dient das Büchlein als Werbepräsent.

Heute unternimmt der Verein einen Tagesausflug nach Mannheim in den Luisenpark. Mit Sammelzugfahrschein, Sammeleintrittskarte, Führer und vorgeschriebener Kaffeepause.

Lieselotte ist froh, dass es den Zug als Verkehrsmittel gibt, sie leidet nämlich an einer absolut unmodernen Krannkheit: Sie hat panische Flugangst.

Ihrer besten Freundin vertraut sie die Unordnung in ihrer Seele an.

„Wenn ich nur an des Ding denk, krampft sich mir alles z' samme, und ich muss sofort aufs Klo. Ich war schon bei nem Psychologe. Einem von der Sort, die nach deiner Kindheit frage und ob du dich noch an deine Oma erinnersch, und ob irgendwas Ungewöhnliches vorgefalle isch, als du früher überraschend von der Schul heimkamsch und Papa und Mama kame aus'm Schlafzimmer. Du weisch schon, worauf er da rauswill. Oder ob du mal mit nem Vogel e schlechtes Erlebnis g' habt hasch ...“

„Und?“

„Mir habe lang über mei Oma gsproche. Endlich hat mer mal einer zughorcht. Des war so e nette Frau. Stricke konnt die wie kei Zweite. Un ihr Zimmetkuche war unschlagbar.“

„Und?“

„Nach e paar Sitzunge hat der Psychiater gesagt, ich sei normal, soweit aus seiner Sicht Mensche überhaupt je normal sein könnte, und ich soll besser zu einem Verhaltenstherapeut gehe. Er wollt mer aber kei Empfehlung gebe. Warum weiß ich net.

Dann hab ich einen aus de Gelbe Seite rausgezoge. Sehr netter Mann. Zumindescht am Anfang. Später isch er mir e bissle blass und nervös vorkomme.“

„Und?“

„Er hat gesagt, ich muss mich langsam an Flugzeuge rantaschte. Desensibilisiere nenne sie des. Zuerst würd er mir e Bild von'm Flugzeug zeige und dann würde mer mal zum Flughafe fahre und e Flugzeug aus der Näh betrachte, dann in eins einsteige, aber es würd net losfliege und so weiter ..."

„Ja un?"

„Er hat mer dann des Bild von'm ziemlich kleine Flugzeug gezeigt. Kein Jumbo. Nur für zehn Persone."

„Und dann?"

„Nach zwanzig Minute hat er an die Klotür geklopft. Die nächschte Patientin sei da und müsst auch mal austrete!"

„Oh Gott."

„Dreimal bin ich hin zu ihm. Jedesmal wurd's besser. Zum Schluss war ich nur noch ganz kurz auf'm Klo.

Dann sin mer zum Baden-Airpark gefahre. Schöne Fahrt. Da hinte bei Lichtenau. Früher ware da die Kanadier stationiert. Und ich hab zuerst die Anzeigetafle mit dene Flüg studiere solle. Laut vorlese."

„Und?"

„Die habe gute Toilette dort. Sauber. Koschte nix. Hinnerher habe mer noch en Kaffee getrunke, das heißt, der Therapeut hat en Schnaps gebraucht."

„Und dann?"

„Zwei Woche später sin mer z'samme nach Mannheim gefahre. Die habe en kleine Flughafe dort. Mit nem Freund hat er ausg'macht, dass ich in so e Flugzeug neisitze darf, so lang bis die Angscht abflaut. Natürlich ohne, dass es sich bewegt."

„Und? Durchfall?"

„Gar net mal. Also, jedenfalls kein Durchfall. Wie des klingt! Aber die Angscht isch net abgeflaut und nach zwei Stund hat der Bekannte von meinem Therapeut g'meint, er müsst jetzt heim. Hätt en Termin."

„Und?"

„Nix. Ich kann halt net fliege. Der Verhaltensmensch hat

g'meint, ich soll Globuli nehme. Das sind die kleine Kügele, die mehr wirke, wenn weniger drin isch. Ich nemm sie jetzt seit sechs Woche."

„Und?

„Ich kann net fliege."

„Tja. Da kannsch halt nix mache!"

Habt ihr schon Enkele?

Häufige Fangfrage. Meist gestellt von Leuten, die selbst welche haben und darauf brennen, Fotos und lustige Geschichten loszuwerden.

Mit Enkeln ist es so eine Sache. Man ist nicht ständig von ihnen umgeben wie von eigenen Kindern. Am Auto hat man kein „Leon und Luca fahren mit"-Schild. Im Hausflur liegen keine hastig fortgeschleuderten Turnschuhe. Man sieht es einem älteren Ehepaar also nicht an, dass es über Enkel verfügt.

Sie müssen schon irgendwie das Gespräch selbst darauf bringen.

Baden ist insgesamt ein heimeliges Land. Familie und Ehe bedeuten noch etwas.

Enkele erst recht.

Wir sind noch auf der bewussten Ausflugsfahrt der Blumenfreunde nach Mannheim in den Luisenpark.

Ein herrlicher, großer, weitläufiger, anstrengender Park.

Die Gruppe läuft durch blühende Landschaften, entlang Seen und Bächlein, durch einen Bauernhof, über einige Brücken, vorbei an allem, was da grünt und blüht. Stets gewürzt mit hochspannenden Erläuterungen vom Vorstand: „Rechts sehe mir also jetzt e typische deutsche Wiese mit Gänseblümle und Margarite und dahinter eine schöne Reihe von heimische Büsch. Ich würd sage, das sin Hartriegel, was meine Sie, Herr Dr. Weibel?"

Alle sind erschöpft. Lassen sich nieder. Zeit für den geselligen Teil.

Beim Kaffee kommt man ins Plaudern, und Lieselotte plaudert gern mit.

Sie ist sehr eitel und hat nichts dagegen, im Mittelpunkt zu stehen.

Doch gerade da ergibt sich ein großes Problem.

Worüber spricht man mit entfernten Bekannten wie diesen Blumenfreunden, wenn die Blumen selbst als Thema mal erledigt sind?

Geld, Politik und Religion fallen weg: „Mer wolle kein Streit!"

Das Wetter ist schnell durch: „'s isch wieder arg drückend."

Irgendwann fängt einer an, und der Bann ist gebrochen: Man spricht über Urlaubsreisen.

Nicht die Lieselotte. Sie leidet dann, weil sie nicht mitreden kann. Was Urlaube betrifft, befindet sie sich nämlich in einer ausweglosen Lage:

Fernreisen kommen für die Lieselotte wegen ihrer Flugangst nicht in Frage. Aber der Theo fährt nicht mehr gern lange Strecken, mag die Schwaben und den Norden Deutschlands nicht, lehnt Frankreich aus sprachlichen und hygienischen Gründen ab, und deshalb verbringen sie ihre Urlaube peinlich nah an zu Haus. Im Markgräflerland. Kaiserstuhl. Kraichgau. Damit lässt sich an Kaffeetafeln kein Staat machen.

Lieselotte sieht sich in derartigen Runden also an den Rand gedrängt, ausgeschlossen. Ein Gefühl, das sie hasst.

„Wie en Hartz-IV-Empfänger am Tisch von ganz reiche Leut. Wie en Afroamerikaner in em elitären Golf-Club in Alabama", klagt sie beim Therapeuten in der letzten Sitzung, die die Krankenkasse bezahlt.

Der schließt die Akte Lieselotte mit einiger Erleichterung.

„Sie haben gewiss auch etwas ganz Besonderes, Liebenswertes an sich. Etwas, womit Sie die anderen Menschen erfreuen können ... denken Sie in Ruhe, also ganz in Ruhe, außerhalb dieser Praxis möglichst, darüber nach ..."

Lieselotte denkt nach und findet etwas.

Sechs Enkel.

Das ist was.

Das hat heutzutage nicht jeder.

„Heutzutag, wo sich die Fraue so lang Zeit lasse mit dem Kinderkriege und dann wird's erscht nix!"

Der Therapeut hält die Tür auf und nickt Lieselotte lächelnd hinaus.

Deshalb müssen jetzt die Enkele immer mit zu solchen Anlässen. Als Fotos.

„An Pfingsche müsst ihr mal an uns denke", verlautbart Hans Jordan nun beim Erdbeerkuchen auf der Mannheimer Seebühne. „Mir erfülle uns dann en lebenslange Wunsch un fliege in die Karibik. Nach Curaçao. Ja, des Land mit dem Cocktail. Zwischelandung in St. Martin. Des gilt als der gefährlichste Flughafe der Welt. Extrem kurze Landebahn."

Bevor die Runde sich vom Staunen erholt hat und die übliche Angeberei mit den Fernreisen anfängt, greift Lieselotte in ihre Handtasche. Die Fotos knistern.

Sie fasst Jordans scharf ins Auge.

„Habt ihr eigentlich au schon Enkele?"

Heutzutage muss mer net glei heirate

Ein Satz, der vor badischer Toleranz nur so trieft. Je nachdem, aus welchem Mund er kommt, ist er allerdings nicht immer ehrlich gemeint. Leise Kritik schwingt doch mit ...

Frau Wenzle ist glücklich. In ihr lange verwaistes Nachbarhaus rechts ist eine junge und große Familie eingezogen.

Mit allem, was dazu gehört und mit so viel Lärm, dass auch die schwerhörige Frau Wenzle was mitkriegt.

Eine Katze, ein großer Hund und vier Kinder. Alle haben langes Haar, so dass man Buben und Mädchen nicht auseinanderhalten kann.

Allesamt sind sie alternativ mit Strickzeug und Ringelstrümpfen angezogen, sie schießen im Garten mit selbstgemachten Bogen, und es heißt, die ganze Familie esse kein Fleisch.

Die Nachbarn mit Marken-T-Shirt-Kindern und Fernsehern in jedem Zimmer beäugen die Neulinge misstrauisch.

Die Mutter hat immer einen ellenlangen Pullover und orientalische Pluderhosen an. Der Vater trägt mehr zum Erziehungsgeschehen bei, als es bei den anderen Familien normal ist, wo die Väter nur samstags mit den Buben auf den Fußballplatz gehen und am Kindergeburtstag mit allen in den Europa-Park. Nein, dieser macht andere Sachen. Er springt mit ihnen auf dem Riesentrampolin herum. Ein Erwachsener! Manchmal sieht man ihn, wie er mit ihnen Kreidebilder im Hof auf den Boden malt. Ein Mann!

Frau Neidhart wohnt der neuen Familie gegenüber.

Aufgebracht taucht sie bei Frau Wenzle in der sauberen Küche auf. Es riecht schwach nach Marmorkuchen.

„Also, Lisbeth, ich will ja nix sage gege die neue Nachbarn, aber die lebe net wie mir!"

„Müsse se ja au net!", sagt Lisbeth. „Ich find sie gut. Die Frau hat mir Marmelad gebracht, geschtern. Selbschtgemacht. Erdbeer-Rhababer. Aus em eigene Garte."

„Da hat doch bestimmt der riesige Hund draufgepinkelt. Dass du des esse kannsch!"

„Mir egal. Des isch gekocht."

„Na ja. Ich denk sowieso, des sin Grüne. Politisch g'sehe."

„Na un? Die regiere uns doch sogar. In Stuttgart drübe."

„Vielleicht sind's auch Pirate!"

„Also, er hat kei Augeklapp."

„Net so Pirate. Es gibt jetzt ... eine Partei. Pirate!"

„Mir egal. Der isch kein Pirat. Die habe kein Boot. Nix. Ich hab gehört, er schafft in'm Fahrradlade. In der Stadt drin. In der Marienstraß! Mache des vielleicht Pirate?"

„Des isch Südstadt. Südstadt, Lisbeth! Du weisch, was des heißt. Problemviertel. Außerdem, der Vatter fährt jeden Schritt mit'm Fahrrad. Habe die kei Auto? Für so viel Kinner?"

„Ich hab auch kei Auto!"

„Des isch was anneres. Du bisch alt, Lisbeth. Und du hasch dein Rollator."

„Also, en Rollator habe sie net. Da hasch allerdings Recht."

„Lisbeth, du willsch des net verstehe. Die sind net wie mir!"

„Müsse sie auch net. Die sind halt wie sie. Ich find sie gut. Die Kinner grüße. Er spielt Gitarr und singt dazu."

„Musikmache im Garte isch grenzwertig. Bis wann abends spielt er denn?"

„Weiß ich net. Ich geh früh ins Bett!"

„Lisbeth! Der muss genau um acht Uhr aufhöre. Du bisch e ältere Dam'."

„Mir egal. Ich hör sowieso nix."

„Denksch du net an die annere Nachbarn? Die Elke un ihr Familie?"

„Nee! Mach ich net. Ich find die neue Leut gut."

„Die habe kein Fernseher. Find'sch des etwa normal?"

„Ja. Kommt eh nur Mischt. Im Zweite kommt mer's vor, als ob se mei *Frau-im-Spiegel*-Heftle verfilme würde. Ansonschte sterbe se gewaltsam oder mache sich bei Dieter Bohlen oder der Heidi Klump zum Aff. Des braucht mer net!"

„Klum!"

„Wurscht."

Tage später setzt Frau Neidhart zum Todesstoß an. Sie klingelt bei Frau Wenzle.

„Lisbeth, setz dich. Net uff dein Rollator. Richtig hin. Da, nemm den Stuhl. Und bitte – bleib ganz ruhig.

Du bisch katholisch, deshalb fällt mir das direkt schwer, dir des zu sage."

„Was denn?"

„Die neue Nachbarn. Die du so gut find'sch. Die sin net verheiratet. Vier Kinner und net verheirat! Bei eim Kind könnt mer's ja noch verstehe, aber wenn mer vier Kinner miteinander ... also ‚macht' isch vielleicht net ganz de richtige Ausdruck ..."

„Na un? Du bisch altmodisch."

„Lisbeth!"

„Heutzutag muss mer net glei heirate!"

Insgeheim nimmt sich aber Frau Wenzle vor, mit den jungen Leuten mal zu reden.

Sie stellt sich vor das schwarz gerahmte Foto ihres Mannes.

„Vier Kinner und net verheirat. Des isch nix!"

Ich sollt mal widder mei Englisch auffrische

Anstatt „Englisch auffrische" kann man alles Mögliche einsetzen. Schwimmen gehen. Walken. Joggen. Meine Tante Hetty anrufen. Fotos einkleben ...

„Sylvia, ich sollt mal widder mei Englisch auffrische. In der Firma hatte mer Besuch von einer Delegation aus London und ich musst die ganz Zeit lächle wie e japanische Geisha, weil ich nix schwätze konnt." Lore seufzt. Das Leben vor der Rente ist so anstrengend.

„Des isch bitter. Geh aber net grad irgendwohin."

„Wie soll ich en Lehrer finde? Ich hab mal im Kurier geguckt. Da wirbt so e Institut mit Englisch ‚über Nacht'. Des wär vielleicht was. Billig isch es allerdings net."

„Über welche Nacht? Die Polarnacht vielleicht. Ewige Nacht. Englisch isch net so eifach. Nemm nur mal die ing-Forme, die mir im Deutsche net habe."

„Sag mal..."

„I am talking now."

„Heißt?"
„Ich schwätz grad!"
„Des isch net schwer. I am eating. Ich ess grad."
„Genau. Und dann habe sie diese seltsame Zeite. Present Perfect, des nimm'sch, wenn was dortmals angefangen hat und heut noch net fertig isch. I have lived in Karlsruhe for 10 years."
„Heißt?"
„Ich leb schon 10 Jahr hier."
„Un?"
„Du darf' sch ebe net sage: I live in Karlsruhe for ten years."
„Warum net?"
„Weil des falsch isch."
„Verstehe die des dann net. Dass ich hier leb'. In Karlsruh."
„Doch, aber es isch halt net korrekt. Geh am beschte zum David. Den kenn ich vom Chef seiner Frau. Die hat Englisch lerne müsse, weil ihr Bridgeclub en Ausflug nach Leicester gemacht hat. Und nachdem sie immer ‚Lei-kester' gesagt hat und niemand recht wusst, wohin sie eigentlich will, hat sie sich zu dem Schritt entschlosse."
„David?"
„Des isch ein echter Engländer. En sogenannte *native speaker.* Hier isch die Nummer. Ruf den halt mal an."
„Danke."
Lore trägt sich die Nummer sorgfältig in ihr Notizbuch ein. In ihr Handy trägt sie keine Nummer ein, denn sie könnte es verlieren, und dann würden all ihre Bekannten von einem Fremden auf ihre Kosten angerufen.
„Hello, are you the Native?"
"I'm not a Native. I am a native *speaker.*"
"What is a Native?"
"Jemand, der ist geboren in!"
„What?"

„Jemand ist in geboren."
„Schon widder was g'lernt …"
Sylvia ist entsetzt, als ihr Lore den Dialog stolz wiedergibt.
„*Was?* Du hasch ihn en Eingeborene genannt. Des isch net höflich. Der isch Londoner, feinschter Engländer. Gute Familie. Korrekt bis in die Knoche. Die sin e bissle heikel mit dene Leut aus de Kolonie. Wann gehsch hin?"
„Morge. Um Viertel nach eins."
„Viel Spaß!"
„Thank you."

„Und, wie war's?"
„Dein David! Feinschte Familie! Der war wirklich en Native. Nackig wie ihn Gott gemacht hat. Und ... wie soll ich sage ... in guter Stimmung. In bester Stimmung, verstehsch, was ich mein ... das konnt mer deutlich sehe. Unnerum."
„Wie bitte?"
„Ich hab geklingelt un er hat so verlockend g'rufe: ‚Come in!' Es hat sich fascht e bissle sexy ang'hört."
„Und?"
„Ich rein. Er kommt aus'm Bad. Vermut ich, denn er hat e Wasserspur hinner sich hergezoge und war nackt."
„Was?"
„Es war e interkulturelles Missverständnis. Ich habe gedacht, Quarter One isch Viertel eins, also Viertel nach Zwölf. Wie bei uns. Er hatte aber g'meint: Quarter past One. Also Viertel *nach* Eins. So sagt man in London. Un scheinbar hat er uff sei Freundin gewartet, für e Schäferstündle. In der Mittagspaus. Lunch break. Die schafft bei nem Anwalt um die Eck. Hätt ich so nem Engländer gar net zugetraut. Das war also nix."
„Un jetzt?"
„Ich müsst mei Englisch halt dringend auffrische."

Du musch ja Zeit habe

Ob es diesen Vorwurf, der in ein dürres, fast schwäbisch anmutendes Lob verkleidet ist, auch in anderen Ländern gibt? In England oder in Italien? Vielleicht sieht man es dort als beneidenswert an, Zeit zu haben. Zeit genug, um Unnötiges zu tun… Bei uns schwingt jedenfalls immer Kritik mit. Vielleicht verbirgt sie aber nur den Neid darüber, dass jemand etwas macht, das man selbst gerne machen würde, aber kein Talent dazu hat.

Lore ist stolz auf sich selbst. Ein verdammt gutes Gefühl. Sie hat, spät aber gerade noch rechtzeitig, ihre wahre Berufung entdeckt.

Rein äußerlich ist sie zwar Sachbearbeiterin in einer papierverarbeitenden Firma in Achern, gar nicht weit von der französischen Grenze, die ihr Chef „Knoblauchäquator" nennt. Das traut er sich aber nur, wenn keiner der elsässischen Mitarbeiter in der Nähe ist. Früher waren die ja so gut wie deutsch, meint er.

„Heut halte sie mehr und mehr zu de Franzose und du musch sehr vorsichtig sein, was du sagsch!"

So sieht also der banale Lore-Alltag aus.

Doch in ihrer Seele schlummern andere, kreative Seiten.

Sie ist mehr als nur Büroangestellte.

Dieses Wissen gärt schon lange in ihr.

Sie hat der Welt noch etwas zu geben, etwas zu sagen. Wenn sie dereinst geht, so wie alle dereinst gehen müssen, vielleicht sogar die Bundeskanzlerin, dann soll mehr von ihr bleiben als nur eine gut geordnete Hängeregistratur und ein abgearbeiteter Outlook-Aufgaben-Kalender.

Und am vergangenen Wochenende hat sie endlich ihren lang gehegten Vorsatz verwirklicht: Sie hat zu Pinsel und Farbe gegriffen und ein Bild gemalt. Direkt von ihrer Seele auf die Leinwand. Das erste Bild.

„Ein kleines Meisterwerk", flüstert ihr der Hochmut ins Ohr.

Triumphgefühle, wie nur Kunstschaffende sie kennen, wallen in ihr auf. „Flow" nennt man dieses Entrücktsein vom Alltag. Flow...

Ihre Kunstlehrerin, die dumme Kuh, hatte sie seinerzeit als talentfrei gegeißelt, und nicht nur das: Die Ignorantin hatte ihre Bilder quasi als abschreckendes Beispiel vorgeführt.

„Alle herhören. Ruhe bitte. Also, guckt genau hin, da könnt ihr mal anhand der Fehler von der Lore sehen, wie man es eben nicht machen soll. Sauber schaffen, nicht nur Klecksen. Hier ausmalen. Da Konturen. Dort Schatten. Und vorzeichnen, meine Damen. Vorzeichnen!"

Dafür rächt sich jetzt die längst erwachsene Lore. Vorzeichnen ist Scheiße. Kleckse sind gut. Sind eruptiv. Kreativ.

Sie hat entdeckt, dass Braun und Blau, wenn man es nur richtig übereinander kleckst, ein surreales Bild vom Bodensee ergeben, sagen wir mal, etwa von der Birnau.

Soll mal einer das Gegenteil beweisen. Und das Neckartal sind grüne und gelbe Kleckse, da noch ein blauer Strich zackig durch das Ganze hindurch. Der Fluss. Der Fluss, wie sie ihn sieht.

„Genau so gedenkt mir der Neckar an em schöne Sommerabend!"

Lore gerät in einen Schaffensrausch. Der Rhein bei Breisach. Lehmgelb und ein blauer Strich.

Kaiserstuhl: Braun, gelb, grün. Ohne Strich, da dort kein Fluss in der Nähe ist.

Ettlingen. Hier ist sie gefordert. Weißlich-graue Kleckse für die Häuser. Rot für den Blumenschmuck, und der blaue Strich ist die Alb.

„Nix anneres!"

Lore tritt ein Stück zurück.

Ihre badische Heimat, eingefangen in Impressionen.

Sie ist erschöpft, aber glücklich.

Es klingelt an der Tür.

Sylvia kommt.

Lore schleppt sich in die Küche, bietet ihr ein Wasser an.

„Ich bin fertig", stöhnt sie. „Ich hab was Unglaubliches geschaffe. Aber so'n kreative Prozess, der laugt dich aus, der saugt alles aus dir raus was hascht an Kräfte und an Emotione. Die Wahrheit, die sucht sich en Vollstrecker, und mit dem geht se gnadelos um."

„Spinnsch du?"

Lore sieht, dass hier eine zu Bekehrende sitzt.

„Komm mit. Ich zeig's dir. Aber du musch schon mit starke Empfindunge rechne, die jetzt ungebremst über dich drüber rolle."

Sylvia folgt der Besessenen ins Wohnzimmer, das jetzt nicht mehr Wohnzimmer, sondern Atelier heißt.

„Da, da, da!“, haucht Lore und sinkt gegen den Türrahmen. „Wenn ER“, ihr Blick geht nach oben, Richtung ihrem Obermieter Herrn Lämmle, aber eben weit über Herrn Lämmle hinaus, bis ins Universum, „mich jetzt holt, dann isch's grad egal. Berufe hat er mich sowieso schon.“

Sylvia sieht die aufgestellten Leinwände leidenschaftslos an.

„Du musch ja Zeit habe!“

Mer sehn uns

Einer der nichtssagendsten Sätze überhaupt. Klar sieht man sich. Zum Beispiel gerade eben. Klug ist, wer nicht mehr erwartet und nicht nach mehr fragt. Gerda ist nicht klug.

Nach dem gescheiterten Blazerkauf haben sich Sylvia und Gerda noch in ein Kaffee begeben. Sylvia fühlt sich erschöpft. Gerda und sie haben in der Vergangenheit viel miteinander durchgemacht, aber das ist kein Grund, warum sie auch in der Gegenwart viel miteinander durchmachen müssen.

Bei Kaffee und Erdbeerkuchen erholt sie sich.

Danach gehen die beiden noch ein bisschen in den Karlsruher Schlossgarten.

Gerda mustert die weitläufige Anlage.

„Eigentlich ja kein wirklich bedeutendes Schloss, das ihr hier besitzt. Aber immerhin habt ihr ein wenig Grün in der Stadt. Auch, wenn das Grün verdörrt aussieht. Nicht mit unserem

Grün zu vergleichen. Unser Grün ist Grüner, wenn du mir das bitte nicht nachträgst."

„Ich werf dir net vor, dass du des vergleichst, Gerda, aber offe g'stande, bei euch regnets halt auch viel. Deshalb wirkt das Grün so Grün. Weil's immer nass isch. Des wolle mir hier net. Lieber Sonn und e verblichenes Grün, wenn wir die Wahl hätte."

„Da bin ich bedauerlicherweise anderer Meinung. Wir möchten unser Grün um nichts in der Welt mit einem anderen Grün tauschen."

„Des geht ja auch net so ohne Weiteres. Länder-Grün-Ausgleich."

In dem Moment schlendert die Ingrid heran.

Sylvia hat Ingrid kennengelernt, als sie einst mit Lore im Museum war und Ingrid stand am Nachbarbild.

Man hat sich vorgestellt. Die Ingrid sei eine ehemalige Klassenkameradin. Ingrid hat dann alle Bilder mit ihnen zusammen betrachtet und bei jedem Bild hat sie eine Ähnlichkeit mit ihrem entlaufenen Ehemann entdeckt: „Also, dieser hässliche Kerl da hinter Jesus, ja, der der so gehässig guckt, der erinnert mich an den Gesichtsausdruck vom Jochen, als wir mei Eltern besucht habe und sie habe uns des Benzingeld net gegebe. Wie kann ein einzelner Mensch nur so geldgierig sei!"

Jetzt kommt Ingrid direkt auf Gerda und Sylvia zu. Kein Entkommen in enge dunkle Ecken. Der Markgraf hat die Anlage rund ums Schloß großzügig und frei geplant.

„Oh, hallo", sagt Sylvia sehr vorsichtig.

Die Ingrid nervt alle Welt mit ihrer fiesen Ehe-Geschichte. Man muss sie schnell wieder loswerden.

„Sylvia. Hasch B'such? Seid ihr auch e bissle im Park unnerwegs? Ja, Gott, was soll mer mache, wenn einem so en Scheißkerl sitzelässt und die Unnerhaltsfragen noch net geklärt sin. Da bleibe nur öffentliche Parks un Musee' un der Rhein."

„Der Rhein? Bitte, tun Sie das nicht. Das Leben ist schön!", sagt Gerda.

„Net zum Reinstürze. Zum Dran entlang laufe. Bei Maxau und bei Rheinstetten. Manchmal fahr ich mit der Fähr in die Pfalz. Des Loslasse von dem Anker, des beruhigt mich irgendwie."

Sylvia versucht, das Gespräch im Nichtssagenden zu halten.

„Ja, es isch schön heut. Des Wetter isch jetzt doch noch auf'gange."

Gerda sieht von einem zum anderen wie der Loriothund.

„Aufgegangen?"

„Schön g'worde!", fertigt die Sylvia sie kurz ab.

Ingrid schnappt nach dem Gesprächsfaden. Worte fliegen hin und her.

„Ach? Bisch net von hier? Aha ... hm ... Alleinstehend? Nix zu finde? Im Norde also auch net besser. Ich war ja ziemlich lang verheiratet, bin's eigentlich noch, aber ..."

Gerda mustert Ingrid. Die Frau ist immerhin ordentlich angezogen. Und sie schien mal bessere Zeiten gesehen zu haben. Vielleicht ergäbe sich hier eine Bekanntschaft zum Tee?

Sylvia wittert Unheil.

„Ja, Ingrid. Mer müsse dann mal. Mer sehn uns."

Die Ingrid hat verstanden und will mitsamt dem Schatten von Ehemann im Gefolge weiterziehen.

Doch Gerda macht mit der Hand eine Art Stoppzeichen.

„Wann?"

„Wie? Wann?"

„Was?"

Beide Badnerinnen sehen Gerda an.

„Wann sehen wir uns?"

„Des sagt mer so bei uns!", murmelt Sylvia verlegen.

„Aber ich würde gerne wissen, wann genau wir uns wiedersehen."

„Gerda, des isch e Redensart. Ohne konkrete Zeitbezüg."

Und kneift sie sanft in die Hüfte. Hinten, wo's die Ingrid nicht sehen kann.

Gerda trotzt.

„Au ... ‚Wir sehen uns' ist keine Redensart. Es ist die Vorstufe zu einer Verabredung. Und ich würde gerne wissen, wann diese Verabredung stattfindet, denn auch ich habe meine Termine."

Ingrid und Sylvia sehen einander an. Keiner hat wirklich daran geglaubt, dass man sich verabredet.

„Mer könne ja mal was ausmache", murmelt Ingrid verlegen. Sie will keinesfalls etwas mit Sylvia ausmachen. Die ist ziemlich attraktiv, und mit ihr wegzugehen könnte in ihrem augenblicklichen Zustand eher deprimierend sein.

„Seht ihr. Es geht doch. Wenn man nur nicht immer so unverbindlich bleibt. Aber das ist halt eure Art hier unten, nicht wahr? Also, wann habt ihr Zeit? Ich bitte bei mir zum Tee ... Und danach gehen wir richtig nett aus."

Ein Termin wird säuerlich gesucht und muffig ausgemacht.

„Also, mer sehn uns dann!", sagt Sylvia und durchforstet ihr Hirn jetzt schon nach einer passenden Krankheit für den bewussten Nachmittag.

„Mache mer!", sagt Ingrid und denkt, dass ihr Neffe genau an dem bewussten Nachmittag Geburtstag hat. Oder zumindest haben könnte ...

„Wir sehen uns. Ich freue mich", jubelt Gerda, die von nix eine Ahnung hat.

Da wollt ich net wohne

Südwestdeutsche ziehen ungerne von zu Hause weg. Schließlich wollen sie ihr Land nicht den Touristen überlassen.

Susanne möchte ein bisschen angeben.

Und den Geruch der nur regional erfolgreichen Autorin abschütteln. Gut, die „Spaziergänge mit Paul, 1. Teil" spielen sich zumeist im Heimischen ab: Im Albtal oder im Karlsruher Oberwald oder auch mal am Rhein bei Rheinstetten oder in Rastatt an der Murg.

Doch ist sie keineswegs kleinkariert, und ihre bibliophilen Kontakte sind nicht aufs Badische beschränkt.

Gute Texte werden überall geschätzt, und sie könnte ihren Paul durchaus auch bundesweit literarisch spazieren führen. Zumindest bildet sie sich das gerne ein.

Sie hat die Mädelsrunde – ohne Gerda und ohne Ingrid, die gerade eben beim Tee zusammensitzen, wovon wir später Genaueres hören werden – eingeladen, um von einem Autorentreffen in Hamburg zu berichten. Und von der Möglichkeit, auch dort zu arbeiten.

„Also, in Hamburg, des war wunderbar. Unser Hotel lag direkt an der Alster. Ihr wisst ja, die Alster...“

„Des isch der Fluss, der im Winter in de Nachrichte zufriert“, wirft Elke nicht unwitzig ein.

„Nee. Des isch da obe ganz selte, dass was zufriert. Die habe eigentlich e ganz mildes Klima, im Winter zumindescht. Im Sommer auch, also da sin die Temperature ähnlich wie im Winter. Des isch viel besser für de Kreislauf.“

Susanne holt ein Foto hervor. „Hier, des war unser Hotel. Künschtlerhotel. Das ganze Hotel voll Bilder und Bücher und Erinnerunge an große Leut. Gottschalk, Rod Stewart un Reich-Ranicki. Sowas gibt's ja bei uns gar net. So e Weltläufigkeit und solche Name auf eim Fleck.“

„Der Gottschalk isch fertig.“ Susanne legt das Foto weg.

„Also, die ganz Stadt da obe hat was Großzügiges. Da strömt internationale Luft durch die breite Straße. Der Hafen verbindet die Stadt mit der ganze Welt. Überleg mal: Von Hamburg nach New York. Das hat was. Und alles so sauber. Wie gewienert. Blitzblank. Die Klinkerstein, die saubere Vorgärte und die schicke Geschäfte. Toll. Die Speicherstadt mit ihre Gewürzhandlunge und dene zweistöckige Lofts. E Kollegin von mir hat so e Loft. Viel zu groß für eine Person. Ich sag net mehr! Noch hab ich mich net entschlosse. Un überall Kultur. Die ganze Stadt isch voll Kultur. Straßemusiker aus alle Herre Länder, Galerie, kleine Lädle mit originelle Sache, Musee' mit aktuelle Ausstellunge – da tickt der Zeitgeischt ganz annerschd wie hier. Ich sag nur: Museum für Moderne Kunscht. Da steht e Plastik vom Beuys, e Telefon auf'm Fetthügel mit ner Schnur ohne Anschluss, des hat mich sehr nachdenklich gemacht.“

Alle überprüfen ihre Handys. Ein neuer Anruf, eine SMS? Ist der Akku noch voll?

Susanne seufzt fernwehkrank.

„Über die Alschter ziehe die Wolke in bizarre Formatione, und mer möchte grad mit ihne ziehe."

Neues Foto.

„Hier war unser Autoregrüpple esse. In em Labskausreschtaurant. Gab's nur Labskaus. So was von originell. Und wenn du was bestelle willsch, dann klingelsch mit ner Art Schiffsglock. Un die Leut. Sehr freundlich. Gar net steif, wie's immer behauptet wird. Wenn du mit nem Stadtplan unnerwegs bisch, dann frage die dich direkt, wo du hin willsch."

Neues Foto.

„Dann sin mehr ins Musical. König der Löwen. Die habe riesige Musicalhalle da. Des isch ein Wirtschaftsfaktor. Entsprechend sin die Leut drauf. Da geht was. Auch literarisch. Un die Lädle! Da siehscht die Sache aus dene Heftle endlich mal an lebende Fraue."

Gähnen in der Runde.

„Na, was sagt ihr?"

Elke fasst es für alle zusammen.

„Hamburg? Also, da wollt ich net wohne!"

Bisch groß worre!

Mehr als eine Bemerkung aus Verlegenheit. Manchmal ein Ausruf der Verzweiflung!

Elke ist mit ihrer motzigen Teenagertochter Joanna im Baumarkt am Rande von Rastatt unterwegs. Baumarkt!

Joanna würde normalerweise einen solch peinlichen Ort mit einer so peinlichen Person wie ihrer Mutter nicht betreten, doch die Gefahr, dass sie bekannte Jugendliche aus ihrer Clique dort trifft, tendiert angesichts der Peinlichkeit des Ortes gegen Null.

Ikea in Walldorf, an der Autobahn, das wär grad noch machbar, alles andere mit Mutter im Schlepptau geht gar nicht.

Doch heute hat eine gewisse Dringlichkeit die beiden Familienmitglieder zusammengeschweißt: Der saudoofe Hase, den ihr eine Freundin blöderweise zum Geburtstag geschenkt hat. Als sei sie noch ein Kleinkind.

Doch der Hase kann nicht weitervermittelt werden, da wären die Freundin und die Mutter von der Freundin beleidigt, also muss ein Käfig für das glotzäugige Viech gekauft werden. Solange er nämlich keinen Käfig hat, in dem er nach draußen glotzen kann, frisst er die Kabel von Joannas X-Box sowie ihrem DVD-Spieler, ihrem Fernseher und ihrem Computer an, und ohne diese Minimalausstattung würde Joanna zu einem Staubhäufchen zusammenschrumpfen wie ein Vampir, den man in Knoblauchsuppe getaucht hat.

„Entweder gehsch du mit in den Baumarkt oder der Has landet noch heut Abend auf deinem Abendbrotteller. Gebeizt und mit nem Rosmarinsträußle in de Ohre." Beide Personen, eine genervte Elke und eine total desinteressierte, mit Stöpseln vom iPod im Ohr versehene Joanna, entern den Baumarkt.

Fühlen insgeheim, wie winzig angesichts der Unendlichkeit des Heimwerkens der Mensch ist, denn die Regale, zwischen denen sie mit einem ungelenkigen eiernden Wagen herumirren, sind turmhoch und beherbergen Sachen, die Elke verbittert mit ihrem Mann Manfred und Joanna undeutlich mit ihrem Vater identifiziert.

Da kommt ihnen ein bekanntes Gesicht zwischen all den Abflussrohren und Armaturen, zwischen Fliesen und Dübeln entgegen: Lore!

Lore, die doch nur eine kleine Zweizimmerwohnung hat. Was kann man da baumarkten?

„Elke, des isch nett, dass ich euch treff!"

„Lore, wo kommsch du her?"

„Ich will was kaufe..."

Wie fast alle Nachwuchslosen tendiert Lore dazu, zu viel Aufhebens um ein Kind zu machen.

„Ja, hallo, die Joanna! Kennsch mich noch? E alte Freundin von deiner Mutter."

Joanna starrt vor sich hin.

„Und, wie geht's dir denn?"

Joanna gibt keine echte Antwort.

Sie murmelt etwas und zieht auf das Anstupsen ihrer Mutter hin widerwillig einen der Stöpsel aus dem Ohr.

Jetzt hört sie, welchen Schwachsinn die Frau da fragt.

„Na, un, wie geht's in der Schul? Läuft's gut soweit? Oder net so? Des kenn ich. War auch kei Heldin in de Schul, aber hinnerher hab ich richtig durchgestartet."

Joanna starrt.

„Immer Ärger mit dene Pauker, was?", lacht Lore und zwinkert. „Schul wär gut, wenn die Pauker net wäre!"

Joanna kennt das Wort Pauker gar nicht. Man sagt das heute nicht mehr. Ebensowenig wie klasse oder knorke. Das ganze Gespräch gehört in die späten 70er Jahre.

„Nebe wem sitzt du denn? Des isch ziemlich wichtig, hm?"

Lore zwinkert und macht eine Schreibbewegung mit der Hand.

„Nebe der Yasmin. Die hat voll die outen Klamotte und nen fette Arsch!", murrt Joanna.

Lore versteht kein Wort, gibt aber nicht auf.

„Hasch denn wohl schon en Freund?"

Isch die blöd?, denkt Joanna. Selbst wenn – würd ich der das hier erzähle? In'm beschissene Baumarkt, zwei Millimeter nebe meiner Mutter?

Joanna schüttelt muffig den Kopf und stöpselt ihren I-Pod wieder ins Ohr.

Lore steht ein wenig ratlos vor dem Kind.

Früher war sie ja ganz niedlich. Vielleicht ist sie zurückgeblieben. Deshalb taucht sie auch nie auf, wenn man sich bei der Elke trifft. Was sagt man zu einem leicht behinderten Kind? Etwas, das es auch versteht.

„Jedenfalls bisch groß worre!"

Ich will mich irgendwie erde …

Das Leben besteht bekanntlich aus Phasen. Spielphase. Lernphase. Paarungsphase. Familienphase. Ruhephase in Zweisamkeit. Witwenphase. Naja … dann ist Schluss mit den Phasen.Bei alleinstehenden Menschen wechseln sich sportliche Phasen, Rückzugsphasen und In-ferne-Länder-reisen-und-dort-Durchfall-haben-Phasen sowie die Phase, in der man alle romanischen Kirchen im Elsass aufsucht, fotografiert und katalogisiert, heftiger ab als bei den Verheirateten. Deren Ruhe wird nur allzu oft durch heranwachsende Kinder und unsympathische Schwiegereltern gestört. Lore hat mittlerweile ihre künstlerische Phase hinter sich gelassen, nachdem der Durchbruch irgendwie ausgeblieben ist. Nur ihre Tante Gretel hat ein Klecks-Bild gekauft, hat es aber mit dem Weihnachtsgeld verrechnet – sprich es kam kein Weihnachtsgeld. Und als sie das nächste Mal bei Tante Gretel zu Besuch war, hing das Bild zwar an der Wand, aber an der verblichenen Tapete drumherum erahnte man, dass dort eigentlich normalerweise et-

was anderes hingehört. Lore zuckt mit den Achseln, und die Farben landen im Müll. Der lebensfrohe und realistische Süddwestddeutsche kann loslassen. In Heiterkeit. Und sich etwas anderem zuwenden.

Elke schämt sich im oben genannten Baumarkt ziemlich für ihre maulfaule Tochter und scheucht sie zu den Käfigen.

„Such schon mal einen von dene Dinger aus. Aber kei Luxusheim für des Vieh. Sozialer Wohnungsbau tut's auch."

Joanna trollt sich murrend.

Aus einem Auge verfolgt Elke das Tun ihrer Tochter, die Käfigtüren lautstark auf und zuklappt, Hamsterrädchen schnurren lässt sowie ein Holzhäuschen anfasst, betrachtet und, anstatt es zu den anderen Nagerhäuschen zurückzustellen, einfach zum Hundespielzeug zwischen Knochen und Beißringe schmeißt.

Hoffentlich klaut sie nicht auch noch. Elke macht sich keine Illusionen über ihre Tochter.

Neben ihr steht immer noch Lore. Erwartungsvoll.

In ihrem Wagen stehen nämlich Grünpflanzen, eine Art Zimmerbrunnen, ein Buddha aus Beton, ein Kräuterbuch, mehrere Tomatensamenpackungen.

„Un, was machsch du hier?", seufzt Elke.

„Du, ich hab für mich entdeckt, dass ich eigentlich gar net so'n arger Stadtmensch bin. Ich mein, das sieht mer schon bei meine Vorfahre. Die kame aus der Gegend um Oberkirch da unne und habe alle aufm Feld und im Wingert g'schafft. Ich hab des so in meine Gene, un da kommt mer net mehr raus, vor allem net, wenn mer älter wird, so wie mir jetzt."

Elke beschließt, das zu überhören, und beobachtet ihre Tochter, die sich jetzt eben hinter einem Aquarium eine Zigarette ansteckt. Schrecklich. Sie muss das verhindern. Aber Lore ist so empfindlich, wenn man ihr nicht zuhört.

„Und dann hab ich mal ganz lang un intensiv in mich reing'horcht, en ganzer Sonntag bin ich absichtlich zu Haus gebliebe, Telefon ausgestöpselt un 's Handy gar net erscht ei'gschaltet. Und da hab ich rausg'funne, dass ich mich erde möcht. So nenne das die Therapeute. Mit Pflanze umgebe. Mit lebende Organisme. Und dass ich zugucke möcht, wie Sache wachse und gedeihe und entstehe und widder vergehe. Ich möcht den Atem der Schöpfung vernehme und mitatme: aus und ein und aus und ein. Am Große und Ganze teilhabe. E Glied in der ewige Kett sei. Des versteh ich unner erde."

Jetzt gerade will Joanna, um der Entdeckung durch einen herannahenden Baumarktmitarbeiter mit grimmigem Gesicht und rotem Kittel zu entgehen, die angerauchte Zigarette ins Aquarium werfen.

Elke sieht Kosten in ungeahnter Höhe auf sich zukommen. Wer weiß, was das für Fische sind und was sie kosten, wenn sie tot sind.

„Sekunde, bitte, Lore. Oder weisch was, mir treffe uns demnächscht und rede gemütlich. Die Klei macht mer lauter Blödsinn da drübe. Du weisch ja, wie des isch, mit dene Kinner."

Lore weiß es nicht und schiebt ihren Wagen beleidigt zur Kasse.

„Ich hab heut die Lore im Baumarkt getroffe", erzählt Elke abends am Telefon der Sylvia.

„Un? Was sagt se?"

„Sie will irgendwie in der Erd wühle. Bei Oberkirch. Genaueres weiß ich net!"

Schwätze mer net drüwwer

Badische, todsichere Ouvertüre zu einem ausführlichen Gespräch.

Johanna-Marie hat einen großzügig bemessenen Urlaub von ganzen zehn Tagen mit ihrem Freund Torsten hinter sich gebracht, und der normale Alltag mitsamt ständig abwesendem Torsten ist wieder eingekehrt

Bei Licht betrachtet hat seine rege Reisetätigkeit auch Vorteile.

Endlich kann sie auch wieder ihre Freundinnen besuchen. Zum Beispiel Elke, die am einfachsten zu besuchen ist, weil sie meistens daheim stationiert ist.

Sie fährt hin, klingelt. Die Klingel verhallt in einem leeren Raum.

Mist. Umdrehen.

Da führt das Schicksal Frau Wenzle an die Tür. Erst kommt der Rollator, danach folgt Frau Wenzle selbst.

„Gell, Sie wolle zur Elke. Die sin kurz fort. Ich glaub, zum Tierarzt, weil, des Hundle war dabei. Nix Ernschtes. Ich glaub zur Impfung. Komme Se doch rein und warte Se bei mir. Bei dere Hitz muss ma net in der pralle Sonn stehe."

Johanna-Marie folgt wie willenlos. In ein sauber aufgeräumtes Häuschen mit Häkelkissen und Sammeltassen. Mit Bildern von Bergen an der Wand und mit einem Kreuz über der Tür.

Nimmt auf einem altmodischen Sofa Platz. Neben sich eine Puppe im Strickkleid, vor sich ein Glas Mineralwasser, das hier Sprudel heißt.

„Sie sind aber schön braun. Ware Sie am End im Urlaub?"

„Ja, am Bodesee. Mit mei'm Freund."

„Na, des isch recht. Junge Leut solle fortfahre. War's au schön?"

„Schwätze mer net drüwwer", verkündet Johanna-Marie unheilvoll.

Frau Wenzle, Badenerin wie Johanna-Marie, versteht das Signal. Zuerst einmal holt sie Linzertorte: „Selbschtgebacke, des lass ich mir net nehme!", dann setzt sie sich erwartungsvoll bereit.

„Erschtmal des Wetter. Neblig. Grau. Nasskalt. Dann platzt der Himmel auf un es wird furchbar heiß. Übergangslos. Man wusst nie, was mer anziehe sollt. Des Hotelzimmer war winzig klein, im Bad konnt mer sich net umdrehe un des Bett ... naja ... egal, jedenfalls war des au nix. Des Frühstücksbuffet, uff des ich mich so gefreut hab, bestand aus e paar Scheible Aldi-Wurscht und Aldi-Käs, und wenn mer e Ei wollt, musst mer's extra bestelle und die Wirtin hat's mit ner Mien gebracht, als wär des e Zumutung. Nebe der Wurscht hat sie e Schildle uffgstellt. Wenn mer sich was einpackt, müsst sie des berechne. Naja, des war hart an der Schwäbische Landesgrenz da unne. Da vermische sich die Volksstämm unmerklich, und es entsteht so e Grauzon. Wie im Kraichgau."

Frau Wenzle nickt.

„Der Ort, da war überhaupt nix los. Nach Meersburg un Birnau war's zu weit zum Laufe, der Fahrradweg war an de Straß, un mein Freund hat sich g'weigert, des Auto zu benutze."

Frau Wenzle macht ein spitzes Mündchen.

„Mir wäre net hergekomme, um mit dem Auto rumzufahre. Mer wollte wandern und radle.

Also sin mer tagsüber bei Kält und Rege an der Straß entlang g'fahre, die Lastwäge - wusch, wusch - immer an uns vorbei. Un abends habe mer zu zweit in der unfreundliche Wirtschaft g'hockt. Schnitzel un Pommes un umgekehrt. Un sonscht ... sonscht war's au nix. Torsten hat ständig sei Mails am Blackberry, des isch e b' sonders teures Handy, gecheckt un gestöhnt und geflucht un zurückg'rufe, sie seie wohl wahnsinnig, den Vertrag zu unnerschreibe unsoweiter.

Un lese wollt er au nix, net emal groß was schwätze, nur schlafe und emal sei Ruh. Un Minigolfspiele wollt er au net, des wär was für Kinner und er säh hier kei Kinner..."

Mit runden Augen hört Frau Wenzle zu.

Leider hört sie draußen Bellen und das Schlagen von Autotüren. Also steht sie auf und strebt überraschend hurtig mit dem Rollator Richtung Haustüre.

„Ihre Freundin ist da, Elke. Ich hab sie bei mir warte lasse. War des recht? Sie kommt ja grad vom Bodesee zurück. Wie's war? Ach, sie will net drüwwer schwätze ..."

Bring ja nix mit

Kein badischer Mensch hat sich durch diese Worte jemals davon abhalten lassen, etwas mitzubringen.

Susanne, die schon mehrfach umgezogen ist, in Offenburg und in Kuppenheim gewohnt hat, genießt ihre Wohnung in Gaggenau. Mit Murgblick. Und ist froh, dass sie doch nicht nach Hamburg gezogen ist. Paul möchte seine berühmten Spaziergänge lieber weiterhin im Badischen machen.

Die Wohnung soll nun mit einem Sommerfest gewürdigt werden. Mit den Mädels.

„Bringt ja nix mit!", hat Susanne zu ihnen gesagt. „Habt ihr g'hört? Ich werd bös, wenn ihr mir was mitbringt!"

Elke bringt ein Windlicht für den Balkon mit. Johanna-Marie ein Set mit erlesenen Badeessenzen. Lore ein selbstgezogenes Tomatenstämmchen aus ihrer „Ich-erd-mich-Phase".

Sylvia bringt ebenfalls ein Set mit erlesenen Badeessenzen mit.

Beide Sets stammen vom Karstadt in Karlsruhe aus einem Sonderverkauf.

Ingrid, die man aus Mitleid nun doch eingeladen hat, bringt eine Flasche Champagner mit.

Nur Gerda bringt nichts mit.

„Es hieß ja, man soll nichts mitbringen!“, sagt sie, als sie die Mitbringsel der anderen sieht.

Schweigen schlägt ihr entgegen.

Gerda versteht die Welt nicht mehr.

Immer macht man es falsch, hier unten.

Wo hasch jetzt des widder her?

In dem Satz steckt viel Kritik. Zu viel gekauft in letzter Zeit. Zu viel Geld ausgegeben. Das Teil sieht nicht wirklich gut aus. Alles steckt in dem Satz. Nur nicht, dass man wirklich wissen will, wo die Besitzerin das Teil gekauft hat. Badische Kommunikation um drei Ecken herum, direkt ins Herz …

Elkes Schwiegermutter Lieselotte kann Elke nicht leiden. Die Person passt nicht zu ihrem Sohn. Sie hat das von Anfang an gesagt, aber keiner hat es hören wollen.

Bitte!

„Hockt fort, mit ihre Freundinne, un der Manfred wartet daheim auf sei Esse. Ich sag ja nix, aber …" Es folgen viele Worte von derjenigen, die nix sagt.

Mehr als einmal hat Manfred sich sein Essen schon selbst gemacht. Sie weiß das, denn er hat kürzlich angerufen, um zu fragen, wieviel Senf man an eine Vinaigrette macht.

„Da hat er mer schon arg leid getan!“

Ist das eine Art für eine Frau?

Sie hat Kinder. Ist Mutter. Ehefrau. Garten- und Hundebesitzerin. Eine Frau also, die mitten im Leben steht.

Aber sich ständig mit Freundinnen treffen, alleine, und in Cafés oder Bistros herumsitzen, das ist nichts für eine Hausfrau und Mutter, sondern etwas für junge Mädchen oder für Witwen.

Oh, sie, die Schwiegermutter, geht durchaus auch mal ins Café. Nach Beerdigungen und einmal im Jahr mit den früheren Kolleginnen. Aber das sind ordentliche und solide Anlässe und „Net grad so!“

Nein, sie hätte sich was Besseres für ihren Manfred gewünscht. Und was Besseres war ja schon zum Greifen nah gewesen. Manfred war vorübergehend mit der Tochter vom Dr. Tobinger verbandelt. Arzttochter.

Hat selbst auch studiert. Irgendwie hat sich's dann verlaufen. Der Manfred auf der Technikerschule und die in Heidelberg auf der Uni.

Wer weiß wozu's gut war, denkt Lieselotte. Vielleicht wär die arrogant geworden. Heut ist es normal, aber früher hat man solche Frauen *Blaustrümpfe* genannt.

Elkes Schwiegermutter ist nicht dumm.

Sie hat sich mit anderen unzufriedenen Schwiegermüttern besprochen und weiß aus deren leidvollen Erfahrungen, dass es absolut nichts bringt, zur Elke unfreundlich zu sein oder grob oder abweisend.

Elke könnte ihre Kinder als Geiseln halten und Lieselotte den Zugang zu ihnen verwehren. Oder ihren Sohn gegen sie aufhetzen.

Und Manfred befindet sich offenbar fest in ihren Klauen.

„So habe mir den Bub net erzoge. Geschtern ruf ich an. Sie

meld' sich. Im Hinnergrund hör ich Geklepper. Was isch des, frag ich. Der Manfred, sagt sie, er räumt grad die Spülmaschin aus. Gut, ich schluck. Warum net? Mir lebe in moderne Zeite. Einer kocht, also die Elke kocht, und er räumt auf. Gut. Ideal isch's für mich net, aber gut. Sagt sie: Heut hat er Rinderleber g'macht. Mit Zwieble und Apfelscheible. Mir bleibt's Herz stehe. Der Bub schafft neun Stund und dann des. Mein Mann wüsst net mal wie e Leber aussieht. Der hätt noch des erschte Ei seines Lebens zu koche."

Die anderen Schwiegermütter schütteln die Köpfe.

„Bald wird er noch Bette beziehe und bügle!"

„Oh, mein Gott. Das darf niemals geschehen."

„Aber sag was. Der steht noch hinner der!"

So bleiben also als Waffe nur kleine Spitzen.

So etwa, als die Schwiegertochter zum Sonntagskaffee einen neuen, ziemlich bunten Mantel trägt. Zusammengesetzt aus verschiedenen Stoffstücken, kurz, glockig, sieht nach Designerteil aus. Elke scheint sichtlich glücklich mit ihrer Errungenschaft.

Sie dreht sich lang vor dem Spiegel im Flur und will ihn kaum ausziehen, den Mantel, nicht mal im Wohnzimmer, als man sich schon zum Kaffee setzt. Angeblich sei's noch recht frisch.

Sie wartet, dass man zu dem Mantel einen Kommentar abgibt, das ist offensichtlich. Vielleicht ist er von dem spanischen Designer, den Elke gern mag. Der hat ein Geschäft in der Waldstraße in Karlsruhe, wo normale Leute mehr gucken als kaufen.

Und die Schwiegermutter sagt tatsächlich etwas. Sie mustert Elke von Kopf bis Fuß. Zieht die Stirn in Falten und die Augenbrauen hoch, macht gleichzeitig ein spitzes und ein faltig-mißgünstiges Mündchen, eine Gesichtsakrobatik, die nur Schwiegermütter richtig hinkriegen, und fragt mit hoher Stimmlage:

„Wo hasch jetzt des widder her?"

„Also. Ich kann mich beherrsche!“, berichtet Liselotte später einer Freundin. „Ich hab kei böses Wort g’sagt.“

An de Kinner merkt mer's

Sehr beliebter Spruch. Allzeit anwendbar, da alle Kinder irgendwann mal wachsen. Und eine etwas milde Form von: „Mein Gott, sind wir alt geworden!“

Sylvia gönnt sich bekanntlich gerne mal was. Diesmal hat sie sich eine Kosmetikbehandlung bei einem Geheimtipp in Bruchsal gegönnt.

Der Geheimtipp heißt Anja Ascona und sei aus Film und Fernsehen bekannt, hat ihr eine Kollegin zugeraunt. „Die nimmt net jede. Die macht erscht e Hautanalyse, dann führt sie mit dir e Gspräch un du musch unnerschreibe, dass die Behandlung bis zu 10 Prozent teurer werde kann als auf der Preislischt steht, die sie aushändigt. Falls Notfäll auftauche, unerwartete Problemzone sich auf deiner Nas oder zwische deine Augebraue auftun. Da, wo die Haut besonders trocke isch. Dann muss sie handle. Da gibt's kein Zögern, da kann se net erscht lang die Einwilligung einhole.“

Sylvia ist beeindruckt. Eine Patientenverfügung sozusagen, blanko gegeben.

„Die Frau tritt in QVC auf, im Fernsehe. Vertritt dort e teure amerikanische Marke. Die Amerikanerinne sin verrückt nach denne Produkte. Nummer eins. Drübe."

„Echt?"

Die Kollegin beugt sich vor: „Die hat auch Cremes und Lotione, die noch gar net auf'm deutsche Markt zug'lasse sin. Die stelle sich an bei uns, die teschte, bis sie damit tausend Ratte des Gsichtle – oder wie man bei Ratte dazu sagt – eingeschmiert habe und an keiner Einzige sieht mer en Hautausschlag. Drübe sind die großzügiger. Da gibt's die Creme ohne Ratte."

Sylvia nimmt das Kärtchen entgegen wie einen Geheimcode.

Sie ruft an. Anrufbeantworter. Der Rückruf erfolgt erst nach zwei Wochen. Gutes Zeichen. Die Frau hat's nicht nötig.

Sylvia bekommt schließlich einen Termin und verbringt fünf aufreibende Stunden in Bruchsal. Fußgängerzone. Ab und zu hört sie den Lärm von der Straße, ein Hund bellt, ein Kind fällt hin und heult. Doch sie ist ganz weit weg. Liegt auf einem Stuhl wie beim Frauenarzt oder beim Zahnarzt, guckt in eine erbarmungslose Lampe und wundert sich, dass sie vorher überhaupt jemals unter die Leute gegangen ist. So wie sie aussieht: „Spannungen unter den Augen, hier bei den Falten, ja, genau, dann hier, sehen Sie, im Wangenbereich ist die Haut schuppig, Rötungen am Kinn, verstopfte Poren auf der Nase, und am Kinn sind unschöne Härchen. Also, ich muss erst mal gründlich reinigen, bevor ich überhaupt was sagen kann."

„Ich hatte mir aber das Gesicht gewaschen, bevor ..."

Die Kosmetikerin lächelt abfällig. Gesicht gewaschen. Das machen vielleicht Kinder in ihrer unschuldigen Naivität.

Hier wird gereinigt. Das heißt, erst mal vorgereinigt, gepeelt, geschmirgelt und dann richtig gereinigt. Porentief.

„Was da runter kam ...“, sagt Frau Ascona. Sylvia schließt die Augen.

Erst jetzt kann es losgehen. Tiegelchen klappern. Holzspachtelchen schaben. Tuben werden aufgeschraubt. Natürlich trägt Ascona keine Creme auf, das kann ja jede, sondern eine Pflege. Aber nicht etwa die endgültige Pflege, sondern nur eine Basispflege, sozusagen der Unterbodenschutz.

Aber ohne das Vitalserum nützt auch diese Pflege nichts. „Mit Fruchtsäuren.“ Eine Ampulle kracht.

Es riecht nach Zitrone. Sylvia verliert das Gefühl für Raum und Zeit.

Pflege über Pflege kommt auf sie hernieder.

Ein summendes rundes Gerät kreist vor ihren Augen, macht sich an ihrem Gesicht zu schaffen.

„Jetzt wird die Pflege einmassiert und muss eine Stunde wirken. Ich gebe Ihnen in der Wartezeit einen Prospekt von Rosalia-Cosmetics, da können Sie ankreuzen, welche Produkte Sie nachher zum Vorteilspreis mitnehmen möchten.“

Nach all den Essenzen und Lotionen, die pro fünfzig Euro ein Lebensjahr im Gesicht weniger versprechen, kommt eine leichte Grundierung auf Sylvias Gesicht, dann ein Tages-Make-up, „kurz mit Banane abgepudert, neutralisiert unerwünschte Rötungen“. Eine Rougepalette für die richtigen Rötungen wird zerrieben und zwischen Nasenflügel und Wangenknochen verteilt, es folgen Stifte, Bürstchen, kleine Farbeimerchen und Pinselchen.

Der Abend senkt sich über Bruchsal, die Sonne geht leuchtend über dem Barockschloss unter.

Die Kosmetikerin wäscht sich die Hände und klappt Sylvia zurück in die Senkrechte. Ein Spiegel wird gezückt.

„So. Zehn Jahre jünger! Kein leichter Fall. Also, das war höchste Zeit, dass Sie mal gekommen sind.“

Sylvia starrt sich im Spiegel an. Erkennt sich grad noch. Senkt die grünlichblauen Augenlider und sucht nach der EC-Karte. Mit Geld ist die Kosmetikerin nicht aufzuwiegen.

Aber sie selbst sieht nach der Behandlung toll aus. Es hat sich gelohnt. Zehn Jahre jünger.

Sie muss direkt aufpassen, dass sie beim Alkoholkauf nicht den Pass zeigen muss.

Beschwingt verlässt sie die Praxis, den Ort. Fährt auf der B3 nach Ettlingen zurück.

Hält ein Auto neben ihr an der Ampel, sucht sie die Blicke des männlichen Fahrers.

Sie kann jetzt zehn Jahre tiefer flirten.

Sylvia parkt bei sich zu Hause ein.

Lässig. Locker. Die Autotür zuwerfen.

Jugendlich die Straße entlanggehen.

Die Frau von Nummer 34 kommt ihr entgegen. Schiebt einen Kinderwagen und führt einen Knaben an der Hand. Ihre Enkel. Sylvia lächelt mitleidig.

„Ja, hallo, sin das die Enkel?“, sagt sie leutselig und streicht dem Buben übers blonde Haar. „Bisch du aber groß worre. Ich weiß noch, wie du gebore bisch.“

„Ja, gell“, lächelt die Frau. „Mir zwei werde net jünger. An de Kinner, da merkt mer’s.“

Hätt'sch doch was g'sagt!

Gefahrlose Freundschaftsbekundung, da der Wunsch oder der Bedarf in der Vergangenheit liegt. Doch der Empfänger der Botschaft kann sich sicher sein: Wenn er was gesagt hätte, dann wäre der Sender der Botschaft zur Stelle gewesen. Oder auch nicht. Denn wir sind in Baden. Und dort sind, wenn wir mal ehrlich sind, Worte manchmal wohlfeil.

„Des war'n Alptraum", berichtet Susanne, noch in der Erinnerung atemlos. „Ich hatt diese Lesung in Sasbachwalden. Gottseidank war's e Teestundenlesung in so'nem Hotel, wo überwiegend alte Leut absteige, die sich abends net mehr recht konzentriere könne. Die ‚Spaziergänge mit Paul' könne die nur mittags nachvollziehe. Mit'm Stück Erdbeertort vor sich und des zweite Kännle Kaffee fescht im Visier."

„Und dann?" Lore macht runde Augen. Diese Lesetätigkeit von Susanne ist immer noch etwas, das ihr Respekt einflößt.

„Also, ich fahr nachmittags von dort los, net über die direkte Straß nach Achern, sondern so durch die Weinberge und die Felder, an einem wunderbare Kloschter vorbei, Erlenbad, das niemand kennt. Und irgendwann dann passiert's. Mei Auto macht seltsame Laute, hopst nur noch, und grad noch schaff ich's in e Feldwegle und dann bleibt's stehe. Mausetot. Still und stumm. Ich raus, Motorhaub aufgemacht, aber da siehsch ja als Frau nix."

„Net grad e feministische Einstellung", sagte Lore, die meilenweit entfernt von jedem Feminismus ist.

„Nee. Aber realistisch. Ich will mit dem Handy den ADAC anrufe."

„Un?"

„Kei Handy. Vergesse. Ich hab's zu Haus aufg'lade und deshalb lag's net am übliche Platz, und so hatt ich keins. Es isch schon nachmittags, obe am Himmel zieht e landestypisches Gewitter auf, und ich steh in der badische Pampa. Wo ich ja sowieso e ängschtliche Person bin und e ängschtliche Autofahrerin, wie jeder weiß."

Un?"

„Dann kommt e Auto vorbei. Voll mit Türke. Eheleut und drei Kinner. Hält. Er raus. Beugt sich über die Motorhaub. Die Frau un die Kinner warte mit orientalischer Geduld im Auto. Davon könnte unsere Junge was lerne. Er hat's versucht, aber hat nix rausgefunde."

„Grad die Türke sind doch oft so g'schickt mit alte Autos."

„Der net. Der war Professor. An der Uni in Freiburg. Für Stochastik. Er hätt zwei linke Händ. Und Platz im Auto hatte se für mich auch net. Mehr als fünf Persone seie net erlaubt für des Auto, und er hält sich gern an die deutsche Gesetze. Grad als Türke. Aber sie schicke'n Bekannte. Der sollt mich abhole. Sie hoffe nur, dass er zu Haus wär, denn die Tochter von dem

Bekannte sei auf'm Kinnergeburtstag, und da ging er gern mit, die Kleine sei e bissle ängschtlich. Wenn also in einer Stund niemand da wär, dann klappt's net."

„Un?"

„Es kam niemand. Ich hab dann e anneres Auto ang'halte mit ner ältere Frau drin. Naja älter, so dei Alter, jedenfalls isch die nur bis zum nächschte Ort g' fahre. Ihr Tante b' suche. Aber von dort aus könnt ich beim ADAC anrufe. Von ihrm Handy hätt sie's net gern. Da seie die Koschte so unkontrollierbar."

„Un?"

„Des hab ich gemacht. Die Tante, e Schwäbin übrigens, wollt von mir ein Euro für des Gespräch. Mein Geldbeutel hab ich aber bei all der Aufregung im Auto g' lasse. Der Mann vom ADAC, der e Stund später kam, hat's ausgelegt, aber ich musst irgend e Formular unnerschreibe, dass ich des zurücküberweis. Sie müsste da ganz korrekt sei. Des alles hat gedauert. Mittlerweil war's dunkel. Mir sin losg' fahre, der Mann vom ADAC un ich, aber ich hab des Auto jetzt nimmer finde könne. Uff dene kleine Sträßle. Nur von dem Kloschter aus konnt ich's zurückverfolge. Du weisch ja, die Orte da hinne habe alle so kurze, gleichklingende Name: Ulm, Hub, Lauff. Name wie Befehle."

„Un?

„Vor dem Kloschter war's stockdunkel. Zweimal sin mer falsch g' fahre. Irgendwann find ich die Straß und da im Feldweg steht mei Auto. Hell erleuchtet. An' gstrahlt. Von zwei Polizeiautos. Hunde habe gebellt. Gut, dass ich den Paul net dabei hatt, der wär durchgedreht. Jemand hat die Polizei gerufe. Da stünd e verlassenes Auto und außerdem net vorschriftsmäßig geparkt, kei drei Meter bis zur Abzweigung. Und drin läg en Geldbeutel und e Schminktäschle. Sowas lässt kei normale Frau im Auto zurück und entfernt sich, da müsst was passiert sei."

„Un?"

„Ich konnt mich nur ganz kompliziert ausweise. Dass ich die bin, der des Auto g' hört. Die Polizei hat dann in Sasbachwalde bei dem Hotel ang'rufe, ob e verwirrt wirkende Frau mittleren Alters dort heut mittag e Lesung g' habt hätt. Die habe des zwar bestätigt, aber wollte mich dann noch schnell persönlich spreche. Da hat die Hausdam dann gesagt, dass sie auf meine Dienschte in Zukunft verzichte wolle. Polizei hätte se net gern im Haus. Bei all dene ältere Leut. Blöde Kuh."

„Un?"

„Der ADAC hat des Auto und mich ab'schleppt, die Polizei hat mich verwarnt, des Hotel hat mer gekündigt, der Hundesitter war sauer, und ich war kaputt."

„Susanne, wo du so ungern fährsch – hätt' sch doch was g' sagt."

Hätt alles net sei müsse

Mischung aus einem Stoßseufzer der Erleichterung und einem Gefühl des Bedauerns, weil alles auch hätte anders kommen können. Gelegentlich untermischt mit leisem Triumph angesichts der eigenen Erkenntnis, dass es anders für alle Betroffenen möglicherweise besser gewesen wäre.

Lore ist zwar alleinstehend und alleinlebend, aber das ist nicht immer so gewesen. Sie war durchaus mal in einer Beziehung. Mit Rüdiger.

Rüdiger war ein ziemlich wilder Bursche gewesen. Kam gut an bei den Frauen. Motorradfahrer, Abenteuerurlauber. Außerdem war er cholerisch und hatte die Angewohnheit, tagelang zu verschwinden, ohne sich abzumelden.

Überdies war er der alleinerziehende Vater von Fausto gewesen, einem rothaarigen Monster, das wie eine Cruise Missile entschlossen war, zielgenau die Freundinnen seines Vaters abzuschießen. So war der Bub immer krank, wenn Rüdiger und Lore wegfahren wollten, oder er musste brechen, wenn sie mit ihm gemeinsam einen Ausflug geplant hatten.

„Des Kind isch e Straf!", hatte Lore immer gesagt. „Also, des isch nix mit dem Rüdiger. Der Mann isch zu schwierig."

Insgeheim war Lore allerdings der Meinung, dass Rüdiger ein ziemlich toller Mann war. Leider hatte sie ihn dann eines unglücklichen Tages höchst unfreiwillig an eine Sauna-Bekanntschaft Rüdigers verloren.

„Wenn mer Woch für Woch nackig nebeneinder hockt, kann schon der Wunsch aufkomme, die Frau mal angezoge zu sehe. Und so war's auch bei dene beide."

Zwischen mehreren Heulanfällen hatte Lore immer wieder betont, wie froh sie sei, „den Macho los zu sein", doch eigentlich war sie nie so recht über ihn hinweggekommen.

Das weiß jede aus ihrem Feundinnenkreis.

Lores größte Hoffnung und ihr größtes Glück wäre es, wenn die Neue namens Ilona eines Tages ebenso Schiffbruch mit Rüdiger erlitte wie sie.

Diese ferne Aussicht macht ihr Leben erträglich.

Das Unglück ist nun, dass Johanna-Maries Firma und Rüdigers Firma seit kurzem miteinander in einer Geschäftsbeziehung stehen.

Johanna-Marie arbeitet bei einem Unternehmen in Eggenstein, welches Wasserspender in Büros aufstellt. Und in Rüdigers Firma im benachbarten Linkenheim bauen 214 Leute irgendwelche öligen Maschinen zusammen und würden sich gewiss über Wasserspender freuen.

Ausgerechnet der wilde untreue Rüdiger ist in der Maschinen-Firma für die Haustechnik und die sanitäre Ausstattung zuständig. Da es immerhin um den Einbau und die Wartung von 45 Wasserspendern geht, muss Johanna-Marie ziemlich ausführlich mit Rüdiger verhandeln. Mehrmals war sie sogar mit ihm in der Kantine. Sie kann diese Tatsache nicht vor Lore verbergen. Was man verbirgt, kommt todsicher heraus. Lebenserfahrung. Lore reagiert aufgeregt und hektisch und beraumt einen Befragungstermin bei sich zu Hause an.

„Hasch ihn mal g' sehe?"

„Nur flüchtig. Ganz flüchtig. Fascht nur mehr so von hinne", lügt Johanna-Marie gnädig.

„Net g' sproche?"

„Kaum. Also ich müsst lüge, wenn's mehr als e paar Worte g' wese wäre!"

„So? Worte?"

„Ja. Worte halt!"

„Un was für'n Eindruck hat er g' macht? Mit dene Worte?"

„Net so'n gute. Und er schien mir dünner g' worde."

„Ha, dünner, weil die Tag und Nacht Sex habe!"

„Net grad Tag und Nacht. Tagsüber isch er ja in der Firma. Und es war auch net die Art dünner, es war mehr so ... mager!"

Johanna-Marie seufzt. In Wahrheit hat Rüdiger fantastisch ausgesehen, durchtrainiert und braun. Aber sag das mal der abgelegten Geliebten!

„Mager? Kränklich vielleicht sogar? Und wie hat er sonscht so g' wirkt?"

„Still war er. Irgendwie still."

Johanna-Marie seufzt. Rüdiger war charmant und redegewandt gewesen wie immer. Bester Laune.

„Still?"

„Ja, bedrückt. Un nachdenklich."

Au, das war jetzt falsch. Nicht, dass Lore noch annimmt, er denke über eine Rückkehr nach. Schnell korrigieren.

„Also, net *so* nachdenklich. Also, abgewandt von der Welt. Wie einer, der sich von allem zurückzieht."

„Meinsch er geht ins ... Kloster?“ Lore hält die Luft an.

Johanna-Marie denkt an den lebenslustigen Rüdiger, der ihr gegenüber saß.

„Na ja, des vielleicht net direkt.“

„Also, er hat net glücklich gewirkt.“

„Net direkt.“

„Ring?“

„Nein, kein Ring. Ich schwör's.“

Das war kein Meineid, denn tatsächlich hatte Rüdiger keinen Ring getragen. Zumindest nicht am Finger. Dafür aber an einem Goldkettchen um seinen muskulösen Hals. Und auf dem Ring an dem Kettchen stand deutlich zu lesen: Ilona.

„Siehsch! Siehsch! Bei dem hält nix. Da hält's keine aus. Des schreckliche Kind. Hat er von dem Kind g'sproche? Diesem Fausto?“

„Kei Wort!“, sagt Johanna-Marie wahrheitsgemäß und seufzt. Dafür hat er ausgiebig von dem neuen Baby erzählt, das im Frühjahr kommen wird.

Sogar ein Ultraschallbild hatte er dabei.

„Siehsch. Dieses kleine rothaarige Monschtrum. Könnt mer gut vorstelle, das des schon im Heim isch. Meinsch, die Ilona un er sin überhaupt noch z'samme?“

Johanne-Marie seufzt: „Mer kann sich's ganz schwer vorstelle.“

Lore strahlt. Glücklich wie lange nicht mehr.

„Jetzt hat er's. Die Frau weg, das Kind entzoge, die Gesundheit ruiniert. Ja, Rüdiger, wärsch bei mir gebliebe. Hätt alles net sei müsse.“

Des bleibt aber unner uns

Weltweit, auch in Baden und ganz besonders dort, die sicherste Methode, dass eine Neuigkeit sich wie im Flug verbreitet.

Elke zu Sylvia am Telefon:

„Du Sylvia, sie hat's mir grad g'sagt, aber, gell, des bleibt unner uns: Die Johanna-Marie will sich vom Torsten trenne und ausziehe. Sie hat nur noch kei Wohnung, aber sie sagt, es isch nur noch e Frag von Tage, höchschtens von Woche. Sie hält's mit dem geizige Kerl nimmer aus. Geschtern hat er die Zahnbürscht in der Spülmaschin mitg'wasche. Damit mer kei neue kaufe muss. Also, bei ihr isch jetzt endgültig Schluss. Sie zieht aus. Aber, gell, des bleibt unner uns! Sie hat's nur mir g'sagt."

Sylvia zu Lore am Telefon:

„Du Lore, bitte gell, strengschtes Stillschweige. Des muss absolut unner uns bleibe. Ich sag net woher ich's weiß. Die Johanna-Marie will sich vom Torsten trenne. Sein Geiz und sein Sauberkeitsfimmel mache sie verrückt. So wie sie e Wohnung für sich und den Hamschter g'funne hat, isch Schluss. Weisch, die sin ja au jetzt schon so lang z' samme und immer noch kei Hochzeit in Sicht. Ich mein, mer muss net glei heirate, aber auf der annere Seit' isch's halt schon so e Art Bekenntnis. Aber gell, des bleibt absolut unner uns."

Lore zu Susanne:

„Susanne, erschreck net. Widder e Beziehung im Eimer. Isch aber noch net offiziell. Un bitte, behalt's deshalb noch für dich. Die Johanna-Marie und der Torsten trenne sich. Er will sie net heirate und sie will endlich mal mehr Sicherheit habe. Stell dir mal vor, die hätte e Kind. Und das alles ohne Trauschein. Da zieht die Frau immer de Kürzere. Aber bitte, des bleibt absolut unner uns, versprech' sch mer's?"

Susanne zu Ingrid:

„Ingrid, bald bisch nimmer allein mit dei'm Schicksal. Annere trenne sich auch. Jetzt hat's die Johanna-Marie erwischt. Grund: Er will sie trotz Kind net heirate. Ja, ich hab's au net g' wusst. So en egoistischer Schuft. Sie ware ja auch immer arg unnerschiedlich. Und er immer auf Weltreis', wo er sie net mitnehme konnt. En Wurm. Sich net stelle, der Verantwortung und dem Windlewechsle. Überhaupt net tapfer. Aber behalt's mal für dich. Es isch noch net alle bekannt. S' bleibt unner uns, ja?"

Ingrid zu Gerda:

„Eine Freundin von uns, aus unserm Kreis, trennt sich. Sie will ihr Kind allein großziehe und mit ihm auf Weltreis' gehe. Will die Verantwortung allein trage. Tapfer, gell? Aber net weiter erzähle, wenn du mal eine aus unserem Grüpple triff'sch."

Gerda zu Gerda:

Juhu! Ich bin drin. Ich bin im inneren Zirkel. Sie hat mir etwas erzählt, das niemand sonst wissen darf.

Ich werde es keinem Menschen erzählen.

Ich bin aus Lübeck und kann schweigen wie ein Grab!

Wenn ich mal net mehr bin

Lieblingsdrohung von Frau Wenzle. Schlimm nur, wenn's mal jemand ernst nimmt.

Frau Wenzle sitzt auf ihrem Rollator vor dem Haus, unter dem Schatten einer Sauerkirsche und predigt zu den Nachbarn:

„Wenn ich net mehr bin, habt ihr freie Bahn!"

Alle sehen zu Boden und scharren verlegen mit den Füßen.

„Also, ihr wollt beantrage, dass aus unsere Vorgärte Parkplätz gemacht werde. Weil jetzt mehr und mehr Leut herziehe, die kei Kinner, dafür aber zwei Autos habe.

Mein Vorgarte, an dem häng ich. Der Sauerkirschebaum isch schon e Ärgernis, des stimmt. Der isch nutzlos. In eure Auge. Auge von heut. Weil niemand mehr Sauerkirsche will. Marmelad kann mer zu billig kaufe, als dass es sich lohnt, hochzukrabble, zu pflücke, zu koche und zu warte, bis es fertig isch. Ich muss die Frücht von dem Bäumle meiner Putzhilf direkt aufdränge. Aber die Sauerkirsch blüht sehr schön und an Oschtern hat mei Arnika Eier an Fäden dran aufg'hängt und des hat so schön ausg'sehe, dass mer sie wahrscheinlich bis Weihnachte lasse, bis mer die Engele dranhänge."

Unheilvoller Blick in die Runde.
„An en Parkplatz kannsch kei Engel hänge.
Die zerschelle auf dem Beton.
Des alles könnt ihr mache, wenn ich net mehr bin."

„Was heißt das, Tante Wenzle? Wenn ich net mehr bin?", fragt Sofia, das neue Nachbarskind.

„Wie – was heißt des? Wenn ich halt net mehr bin!"

„Was bist du dann, wenn du net mehr bist?"

„Dann bin ich halt net mehr da, wo ich jetzt bin."

„Und wo bist du dann?"

„Woannerscht!"

„Wo?"

„Des weiß mer net genau. Wenn ich net mehr bin, isch mer des egal."

„Bist du dann tot, Tante Wenzle?"

„Pssst", ermahnt Elke. „Des sagt mer net!"

Lebe un lebe lasse

Dieser Satz ist die Quintessenz badischer Lebensart und ein Symbol für Toleranz und Großzügigkeit. Badener sagen ihn gerne. Vor allem, wenn jemand wie die Gerda in der Nähe ist …

„Diese Leute sitzen mitten in Karlsruhe auf der Kaiserstraße. Auf Decken. Mit Bierdosen vor sich. Sie arbeiten nicht. Sie haben Hunde dabei, die wahrscheinlich überall hin machen. Glaubst du, dass diese Leute Hundesteuer bezahlen? Oder die Tiere impfen lassen?

Sie betteln. Und zwar auf eine unverschämte Art. Nicht irgendwie demütig. Sie schämen sich nicht mal. Sie stellen sich in den Weg, mit ihren Ohrringen und ihren Tätowierungen, und strecken die Hand aus. Manche haben Löcher in den Ohren, durch die man durchschauen kann!

Gibt man ihnen Geld, so vertrinken sie es. Gesehen? Gesehen habe ich es nicht, aber Goethes Gesamtausgabe werden sie ja wohl kaum davon kaufen. Sie rufen den Frauen manchmal Worte hinterher. Worte und Blicke. Manchmal lachen sie auch provozierend dazu.

Und sie sind nicht sauber. Ich habe einen beobachtet. Er hat die ganze Woche die gleiche Hose angehabt.

Irgendwo müssen die ja wohnen. Nachts. Und im Winter. Das zahlen doch wir. Die existieren von unserem Geld. Vom Steuergeld des ehrlichen einfachen Arbeiters.

Was sagst du dazu?“

„Gerda, was ich dazu sag?“

Auch Sylvia stört sich manchmal an den Pennern. Sie sind manchmal schmutzig und oft betrunken. Sie haben vielleicht wirklich keine Wohnung und halten Hunde, für die sie keine Steuern zahlen. Aber Sylvia weiß, wie leicht es gehen kann. Job weg, Wohnung weg, Partner weg. Der Hund bleibt.

Sie hat es schon manchmal gesehen. Bei Leuten, von denen man es nie gedacht hätte.

„Was ich dazu sag?“

„Ja, sach mal!“

„Ich sag: Lebe und Lebe lasse!“

1. Auflage

Media Tec GmbH
Schwarzwaldstraße 139, 76532 Baden-Baden

Umschlaggestaltung: Patricia Keßler
Satz: Valeria Ladner, Regioverlag Südwest
Coverfotos: two woman friends
© bertys30, Fotolia.com: Gartensaison, © Klaus-Peter Adler, Fotolia.com: woman ironing clothes, © boophotography, Fotolia.com: Sektflasche, © Dominic Ziegler - Fotolia.com

Druck: CPI Books, Ebner & Spiegel GmbH, Ulm
ISBN 978-3-931387-46-4

www.regioverlag-suedwest.de